Pour Catherine et Michael

Et nous voilà posés sur ce morceau de terre
Pour apprendre à souffrir les rayons de l'amour
William Blake

1

Tout le monde parle de l'amour comme si c'était le plus grand miracle au monde, le plus grand chamboulement existentiel. On dit : il se passe quelque chose, et alors tu *sais*. Tu regardes l'être aimé les yeux dans les yeux, et tu ne vois pas seulement la personne que tu rêvais de rencontrer, mais aussi… toi-même, le toi que tu as toujours secrètement voulu être, le toi qui suscite désirs et délices, le toi que personne n'avait jamais remarqué auparavant.

C'est ce qu'il s'est passé quand j'ai rencontré Kit Godden.

Je l'ai regardé les yeux dans les yeux et j'ai *su*.

Le problème, c'est que le reste du monde aussi *savait*.

Parce qu'il faisait exactement le même effet à n'importe qui.

1

Chaque année, après la fin des cours, on entasse un tas de trucs indispensables dans la voiture et on part pour la mer. Une fois la voiture bourrée de tout ce qui est nécessaire à la vie de six individus, Papa déclare qu'il a zéro visibilité par les vitres et qu'il n'y a plus de place pour personne, alors on retire la moitié des affaires, mais ça ne change pas grand-chose, finalement : je me retrouve toujours à m'asseoir sur une raquette de tennis ou un sac plein de chaussures. Au moment de partir enfin, tout le monde est de super mauvaise humeur.

Tout le trajet, on se pousse du coude et on se dispute, c'est un cauchemar, et Maman hurle que si on ne se calme pas elle va faire une crise de nerfs et, chaque année, Papa en vient à s'arrêter sur le bord de la route et à dire qu'il ne redémarrera pas tant qu'on aura pas tous fermé nos gueules.

On va à la mer depuis qu'on est nés et, à en croire la théorie selon laquelle il y avait déjà de la vie avant ça, Papa va à la mer depuis qu'il est tout petit, et Maman depuis qu'elle a rencontré Papa et nous a donné naissance à nous quatre.

Le trajet prend des heures, mais on finit quand même par quitter l'autoroute et c'est là que l'atmosphère se modifie. La route devient familière, et ça nous travaille la cervelle, on commence à émettre une sorte de geignement silencieux comme des chiens à l'approche d'un parc. Il faut une demi-heure précisément pour aller du rond-point à la maison, et on connaît le moindre centimètre carré de paysage entre les deux. Tu gagnes des points si tu repères un chevreuil ou un cheval depuis la voiture, ou une chouette perchée sur un poteau, ou Loulou le Lièvre gambadant sur la route. Loulou apparaît souvent au milieu de la route le jour où on arrive, et puis à nouveau le jour où on repart ; preuve irréfutable que notre monde est une simulation informatique d'un haut degré de sophistication.

Ça n'existe pas d'arriver tout tranquille. On se gare dans l'allée herbeuse, on s'extirpe de la voiture par tous les côtés, et ensuite on s'égosille, on se bouscule pour entrer dans la maison, qui sentira les vieilles tentures, le sel et le renfermé jusqu'à ce qu'on ouvre les fenêtres pour laisser entrer l'air de la mer par grandes bouffées.

La première conversation, c'est toujours celle-là :

MAMAN (d'un ton rêveur) : Cet endroit, ça me manque tellement.

LES ENFANTS : À nous aussi !

PAPA : Si seulement c'était un peu plus près.

LES ENFANTS : Et si seulement y avait du chauffage.

MAMAN (d'un ton strict) : Eh bien, c'est pas le cas. Du tout. Alors ça suffit les rêveries.

Personne ne lui signale que c'est elle qui lance le sujet à chaque fois.

Ça y est, Maman a déjà sorti la balayette et récupère des mouches mortes sur les appuis de fenêtre, pendant que Papa range les courses et fait du thé. Je me rue au dernier étage, j'ouvre le tiroir sous mon lit et j'enfile le sweat délavé de l'été dernier. Il sent la vieille maison et la plage, et maintenant c'est mon odeur à moi aussi.

Alex se connecte depuis son ordinateur portable à la caméra qu'il a installée dans le nichoir des chauves-souris, et Tamsin défait sa valise à une vitesse surnaturelle, parce que Maman lui interdit d'aller voir son cheval tant que tout n'est pas rangé. Le cheval n'est pas vraiment à elle, mais elle le loue pour l'été et c'est lui qu'elle sauverait d'un incendie avant n'importe quel membre de la famille.

Mattie, qui récemment est passée du stade zéro-poitrine, grande-carcasse à celui de déesse du sexe de seize ans, a mis sa robe d'été et ses bottes en caoutchouc et se balade pensivement sur la plage, parce qu'elle croit que sa vie n'est qu'un long post Instagram. Là, elle s'imagine qu'elle a l'air romantique et sublime, et c'est le cas, hélas.

Soudain, des éclats de voix : Malcolm et Hope viennent de débarquer en bas pour nous souhaiter la bienvenue. Gomez, le très gros et très maussade basset de Mal, s'époumone en aboiements désespérés. Tamsin et Alex vont passer leur temps à le couvrir de bisous, alors on le comprend.

Mal apporte deux bouteilles de vin blanc frais et, pendant que tout le monde s'enlace et s'embrasse, Papa marmonne, « Il était temps », abandonne le thé, et part à la recherche d'un tire-bouchon. Tam se précipite dans les bras de Mal, qui la fait tournoyer comme si elle était encore toute petite.

Hope nous agence par ordre chronologique : moi, Mattie, Tamsin et Alex. Elle recule pour mieux nous admirer, s'extasie qu'on ait autant grandi et qu'on soit aussi magnifiques, même si c'est évident que c'est surtout de Mattie qu'elle parle. J'ai l'habitude qu'on m'inclue par politesse quand on s'extasie sur la beauté de Mattie. Tam pousse un grognement et sort du rang, suivie par Alex. C'est pas comme si on voyait jamais Mal et Hope à Londres, mais moins souvent qu'on pourrait le croire, entre les cours, le travail et le fait qu'on n'habite pas du tout dans le même coin.

– On dîne dès que vous êtes prêts, crie Hope à Alex et Tam.

Papa essuie les verres à vin avec un torchon, les remplit et cale le premier verre de l'été entre les mains de toutes les personnes majeures ; et une plus petite dose pour Mattie, Tamsin et moi. Alex réapparaît et frappe à la vitesse du python quand Hope laisse son verre sans surveillance pour aider Maman à porter une valise. Il vide le verre en deux gorgées et se coule à nouveau dans les fourrés. Hope contemple le verre avec perplexité, mais Papa le remplit à nouveau et c'est tout.

Tout le monde sourit et rigole et rayonne d'optimisme. Cette année, ça sera la meilleure année de toute l'éternité. Le temps, la nourriture, ce qu'on va faire : tout ira au mieux du mieux.

Les comédiens sont en place. L'été peut commencer.

3

Notre maison est aussi pittoresque qu'exaspérante. Déjà, elle est plus petite qu'elle en a l'air, ce qui est bizarre parce que pour la plupart des maisons, c'est l'inverse. C'est mon arrière-arrière-grand-père qui l'a construite pour l'offrir comme cadeau de mariage à sa femme en 1913, dans un style que Maman appelle Post-Victorien Tendance Épouse-Séquestrée-dans-le-Grenier. La maison est restée dans la famille jusque dans les années 1930, et puis l'ancêtre a dû la vendre pour rembourser des dettes de jeu. Son fils (mon grand-père) l'a rachetée vingt ans plus tard, l'a repeinte en bleu pervenche comme à l'origine et, après ça, on n'a plus jamais mentionné la période où elle n'appartenait plus à la famille.

Il a aussi construit une maison un peu plus loin sur la plage pour caser les autres cousins-cousines. Elle appartient maintenant à Hope. Depuis que Mal est là aussi, on dit que c'est leur maison, mais techniquement ce n'est pas le cas.

Notre maison a été pensée comme un palais d'été, une sorte de caprice bourgeois, elle n'a pas été faite pour y vivre à l'année, alors c'est comme ça qu'on continue à l'utiliser. Il y a des courants d'air, pas d'isolation, et les tuyaux gèlent si on oublie de les vider ou de remplir les toilettes d'antigel en novembre, mais on adore la moindre de ses tours, de ses tourelles et de ses fenêtres aux formes bizarres et même la petite volée de marches qui monte tout droit vers un placard. Mon parent-au-quatrième-degré devait avoir un humour au quatrième degré aussi, vu comment tout dans la maison est incongru au possible. Mais on voit la mer depuis quasiment chaque fenêtre.

Ma chambre, c'est la tour de garde. La plupart des gens n'en voudraient pas, parce qu'elle est absurdement petite, de la taille d'une poche de jean. Quelqu'un d'un peu grand pourrait toucher les quatre murs à la fois en s'allongeant par terre bras et jambes écartés. La tour est équipée d'un lit à tiroirs et d'une échelle, et l'échelle monte jusqu'à un minuscule balcon-de-la-veuve. Ça s'appelle comme ça parce que les femmes avaient besoin d'un endroit où marcher tout en guettant la mer à travers un télescope, quand elles attendaient que leur mari revienne. Ou pas. D'où le « veuve ».

C'est moi qui possède le télescope de cuivre ayant appartenu à mon arrière-grand-père. Il était dans la marine, et vers la fin de sa vie il passait pas mal de temps dans la même position que moi aujourd'hui : l'œil rivé au télescope depuis la tour de garde. Aucune idée de ce qu'il observait. Probablement les mêmes choses que moi : des bateaux, Jupiter, des chouettes, des lièvres, des renards et, de temps à autre, un baigneur tout nu. Il y a une règle plus ou moins tacite : le télescope va avec la chambre. Pas de processus démocratique, c'est la personne qui lui est destinée qui l'obtient. Théoriquement, le télescope et la chambre auraient pu échoir à Mattie, à Tamsin ou à Alex. Mais non.

Il y a plein de traditions dans la famille, comme hériter de cette maison et hériter du télescope. D'un autre côté, on manque fortement du genre de traditions des grandes familles aristocratiques, genre appeler tous les aînés Alfred ou être des poules mouillées, et apparemment personne n'a hérité du gène d'addiction au jeu, ce qui est plutôt un soulagement. Mais à part l'épisode du début du siècle dernier, quand il s'agit de transmettre cette propriété d'une génération à l'autre, on n'a pas grand-chose à envier à la reine.

De l'autre côté de la maison, il y a une tourelle. Avant qu'on naisse, Maman et Papa avaient installé leur chambre là-dedans, ce qui était romantique mais pas pratique, parce qu'elle menace de se détacher à chaque coup de grand vent. Il y a cinq ans, ils ont déménagé leur chambre dans une pièce qui ressemble un peu plus à une pièce, juste au-dessus de la cuisine. Maman fabrique des costumes pour le National Opera, alors la tourelle est devenue son atelier d'été. La chambre d'Alex est de l'autre côté du couloir et tout le monde l'appelle la chambre de l'égorgeur. Avant, je pensais que c'était à cause d'un meurtre légendaire, ou un truc du genre, mais Papa dit que c'est parce que c'est tellement petit que ça te donne envie de te trancher la gorge. Mais le plus, c'est qu'il y a une fenêtre hexagonale et que c'est cosy comme la proue d'un navire.

Mattie et Tamsin ont longtemps partagé une chambre, mais quand Mattie a eu douze ans, on a dû les séparer pour éviter un massacre. Même Maman et Papa se sont rendu compte que personne au monde ne pouvait supporter de vivre avec Mattie, alors elle a obtenu l'usufruit de la maisonnette dans le jardin, ce qui la conforte dans son impression d'être parfaitement unique au monde. Tamsin a sa chambre pour elle toute seule maintenant, et ça nous convient très bien à tous, parce que ça sent le cheval à plein nez.

Entre les chambres, sur le long palier, il y a une alcôve avec fenêtre et banc intégré où on peut s'étaler, lire ou jouer aux cartes, ou juste regarder la mer par la grande baie vitrée. La housse de coton sur le banc est tellement délavée qu'on n'a aucune idée de sa couleur d'origine. Quand on était petits, on appelait cet endroit la salle de jeux, mais en fait c'est juste un couloir.

La façade de la maison est toute fignolée de pignons, de fioritures et de ferrures, au point que même les pêcheurs s'arrêtent pour prendre des photos sur leur téléphone. D'autant plus qu'elle est peinte en bleu pervenche. Quand j'ai demandé à Papa pourquoi on ne pouvait pas la repeindre d'une couleur un peu moins tape-à-l'œil, il a haussé les épaules et il a dit : « Elle a toujours été bleu pervenche. » C'est le genre de choses qu'on dit dans la famille. Excentrique l'air de rien.

Hope est la cousine de Papa, beaucoup plus jeune que lui : Papa avait vingt-deux ans quand Hope est née. Depuis qu'ils sont ensemble, Mal et Hope viennent à la petite maison chaque été. C'est seulement à une centaine de mètres de chez nous en longeant la plage. La maison est en bois et en verre, très moderne pour l'époque, avec une grande terrasse en bois où il y a assez de place pour que tout le monde puisse s'asseoir, manger et regarder la mer.

Malcolm a rencontré Hope en classe de théâtre au conservatoire. Personne ne pensait que leur relation allait durer, parce que Hope semblait avoir la tête trop fermement vissée sur les épaules pour se caser avec un acteur. Mais ils sont ensemble depuis douze ans et on les appelle Maléhope comme si c'était une seule entité. Ils sont passés où Maléhope ? On a Maléhope à dîner ce soir ?

– J'espère que Hope n'a pas trop de mal avec Mal, dit Papa au moins une fois par semaine, mais c'est une vanne vraiment naze vu comment Hope adore Malcolm.

Nous aussi, on l'adore – il est effroyablement beau et infatigable aux jeux de société.

Mal et Hope ont la petite trentaine et ils sont beaucoup plus intéressants que nos parents. C'est eux les parrains de la grande mafia de l'été : ils gèrent les beuveries, les conversations indiscrètes, le poker toute la nuit. Ils ont d'abord été acteurs tous les deux, mais Hope a décidé un jour qu'elle détestait les auditions et qu'elle détestait être pauvre, alors maintenant elle est prof d'art dramatique à l'université dans l'Essex. De temps à autre, elle fait des doublages parce qu'elle est géniale en voix, contrairement à Mal. À chaque fois que Mal essaie de faire un accent, ça sonne irlandais, et ça fait pitié quand il tente un accent américain. Personne ne lui a jamais dit, mais ça devrait être Hope l'actrice professionnelle et Mal le prof de fac.

J'ai vu Hope sur scène une fois, elle jouait Nora dans *Une maison de poupée*. J'avais treize ans, pas plus, mais il aurait fallu être bouché pour ne pas se rendre compte à quel point elle était bonne actrice. Je n'avais jamais vu personne exprimer tant de choses en bougeant si peu, et je n'ai jamais oublié. Quand c'est Malcolm qui joue, il fait rebondir tout son cœur et toute son âme sur scène comme un ballon de plage.

On adore Mal. Il nous apprend des trucs, comment combattre à l'épée, comment faire un vrai rire de scène convaincant. Mattie flirte avec lui, mais elle flirte avec tout ce qui ressemble à un être humain alors on remarque à peine. Malcolm flirte en retour pour ne pas la vexer. Mattie n'est pas idiote, mais parfois j'ai l'impression que c'est la personne la plus futile que je connaisse. Elle dit qu'elle voudrait être médecin, mais sa cervelle semble surtout remplie de sexe et de chaussures.

Mattie vient de rentrer de la plage. Personne pour l'admirer là-bas à part les poissons. Elle crie, à personne en particulier, qu'elle va à l'autre maison aider Hope à préparer le dîner.

J'entends Tamsin se disputer avec Papa pour une question de trajet vers l'écurie. Il y a un genre de contrat qui veut que Tam ait le droit de monter Duke tout l'été, mais ça ne veut pas dire qu'on la dépose en voiture là-bas chaque fois qu'il lui vient l'envie d'aller le voir. Elle dit que ça prend cinq minutes en voiture et vingt à vélo et elle a raison, mais Papa n'a pas tort de rétorquer que cinq minutes plus cinq minutes, au bout d'un été, ça finit par s'accumuler.

Maman coupe court à la discussion et, pendant quelques merveilleuses minutes, on a la paix.

4

– J'ai deux surprises, nous dit Hope le matin après notre arrivée.

Mais elle refuse d'en révéler davantage malgré nos supplications.

– Je vous dirai au dîner.

J'aime pas les surprises. Juste les faits, ma chère madame : sans verre de champagne, sans sourire en coin.

Il était presque dix-huit heures quand j'ai reposé mon bouquin et regardé par la fenêtre. Tam, en pantalon d'équitation, remontait de la plage vers la maison, avec à la main une grande assiette d'un truc qui ressemblait à une pile d'algues mais qui devait avoir un rapport avec le dîner.

Depuis mon télescope, je vois un gros bout de la plage et tout ce qu'il y a entre la maison et la mer. Je ne regarde pas dans les chambres des gens, mais si ça se passe dehors, j'estime que j'ai le droit. Je vois jusqu'à l'horizon, si nettement que j'arrive à déchiffrer les noms des cargos. Je distingue les gens dans la mer assez bien pour lire sur leurs lèvres (sauf que je ne sais pas lire sur les lèvres). En ce moment, on est à quelques nuits d'une pleine lune et j'adore son bleu laiteux, comme un fantôme de vraie lune.

Toute la maison est en ébullition, à attendre les deux surprises de Hope. Je me demande si elle va nous annoncer qu'elle est enceinte – et, le cas échéant, si c'est vraiment une bonne surprise. J'adore Mal, mais c'est le genre de personne qui n'aurait pas trop de remords à échanger son bébé contre une poignée de haricots magiques. Enfin bon, quand bien même, il arriverait à convaincre tout le monde que c'était la meilleure chose à faire, et il n'y aurait que Hope pour être furax. Mal a une qualité très utile : son funeste excès de charme, qui fait que tout le monde ignore ses défauts. Mais il est fort, comme interlocuteur, quand on en a marre de la vie, ou qu'on n'en peut plus de sa famille. Parce qu'il écoute, et j'ai l'impression qu'il n'y a presque personne d'autre qui écoute.

Je vois les parents partir se baigner, comme souvent à cette heure-ci. Maman est en maillot une pièce à rayures blanc et vert, et elle porte le panama que Papa lui a offert pour son anniversaire. Papa est en short et en tongs. Ils marchent tout près l'un de l'autre.

Après la baignade, Maman va allumer le barbecue et Papa va s'occuper des marinades et râler pour tout et n'importe quoi. On va voir débarquer Maléhope avec des salades – et des bouteilles de vin qu'on ne tardera pas à ouvrir. Et à descendre. Les adultes seront bourrés. Les enfants aussi, peut-être, si personne ne fait trop attention.

Ce que je ne vois pas depuis la fenêtre, je l'imagine de manière parfaitement claire. Là, par exemple, dans le salon de l'autre maison, il y a Mal qui fait une partie d'échecs par terre avec Alex. Mal grince des dents à chaque fois qu'Alex joue un beau coup. Ils trichent tous les deux comme des pirates, alors personne ne veut jouer avec eux. Je n'arrive pas à me rappeler si Alex a toujours triché ou s'il tient ça de Mal, qui prétend le faire pour étudier l'état d'esprit des criminels, au cas où on lui donne un jour le rôle de Moriarty.

Je finis par descendre les escaliers. Hope arrive et tout le monde veut connaître les secrets, mais elle décrète que ce n'est pas encore l'heure. Mal dit qu'il est ouvert aux pots-de-vin, mais seulement en petites coupures.

– Mais sérieusement, murmure Alex. Ça a intérêt à être bien.

Mattie a des étoiles dans les yeux et s'imagine, comme elle se l'imagine toujours, que les secrets vont avoir un rapport avec elle. En cela, elle n'a pas totalement tort, d'ailleurs.

Il est vingt heures trente quand on s'installe tous pour manger. La table est éclairée par des lampes-tempête, et on a aussi mis des bougies dans des bocaux pour ajouter de la lumière. Alex s'est assis en tête de table pour que Papa et Maman ne remarquent pas, quand Mal remplit les verres les uns après les autres, que le dernier est pour lui.

Enfin, Hope se lève et fait tinter sa cuillère contre son verre, comme si tout le monde n'était pas déjà le cul au bord de sa chaise à attendre ce moment. Une grande clameur s'élève au bout de la table où Alex est assis, et puis un bruit sourd, parce que Tamsin vient de le pousser du banc. Il reste par terre, à ricaner.

– Je vous ai promis deux surprises, dit Hope.

Un peu pompeusement, me semble-t-il. Elle est nerveuse.

– Des jumeaux? demande Papa, et Mal s'étrangle.

– Pas des jumeaux, dit Hope. Mais Mal et moi, on va se marier. Donc on ne sait jamais.

Mal murmure : « Parle pas de malheur », mais tout le monde autour pousse des cris de joie et on se penche par-dessus la table pour les féliciter. Hope nous repousse.

– Merci, elle dit, mais franchement, on est ensemble depuis assez longtemps, quoi.

Papa tend la main à Mal.

– Bien joué, Mal.

Hope lève les yeux au ciel.

– Bien joué d'avoir trouvé une nana et de l'avoir pourchassée jusqu'à épuisement ?

Papa se marre.

– Le mariage est prévu pour le dernier week-end de l'été, rien de spécial, juste une petite cérémonie. Les seuls invités seront la famille et quelques amis proches ; un bon petit repas, pas de grand barnum. Tout simple tout simple.

– Comme Mal.

Maman fait taire Alex.

– Pas de robe blanche ? s'exclame Mattie, l'air déprimé.

– Mal est libre de porter ce qu'il veut, répond Hope.

Et enfin ils s'embrassent, un joli baiser de cinéma.

On applaudit.

Hope lève le bras.

– Juste une dernière chose. Étant donné que je suis entourée ce soir des seuls membres de la famille qui me restent, je voudrais prendre un instant pour vous remercier d'être plus cools et moins exaspérants que vous pourriez l'être. C'est tout.

Comme pour démontrer ses capacités légendaires à voler la vedette, Alex vomit dans les herbes hautes. Maman l'attrape par le col et le traîne à l'intérieur de la maison. On entend des vociférations étouffées et, quand il émerge à nouveau, il est verdâtre. Maman le suit, un seau d'eau à la main, l'air furibard.

– Je peux être demoiselle d'honneur ? demande Mattie, qui a déjà choisi sa robe et son bouquet de fleurs dans sa tête.

– Et moi ? s'enquiert Tamsin.

– On pourrait en avoir deux… dit Hope. À moins que toi… ou Alex… ?

Hope me jette un regard anxieux, tout à coup.

– Non, merci, je lui dis. Sauf si tu y tiens particulièrement.

Hope sourit et secoue la tête.

– Deux, ça suffit.

Alex se redresse.

– Et moi ?

Il louche dramatiquement.

– Oui, mon trésor. J'adorerais que tu sois ma demoiselle d'honneur.

Alex, fou de joie, bascule sur le côté.

– Bon, et à part cette histoire de mariage, dit Papa, c'est quoi, la deuxième surprise ?

On avait tous oublié la deuxième surprise.

– Ah, dit Mal. Alors. Vous ne savez peut-être pas que la marraine de Hope est Florence Godden.

– Non ! Tu veux dire *LA* Florence Godden ?

Papa et Mal, ce grand duo comique. Le fait que Hope soit la filleule de Florence Godden est l'un de ses principaux signes particuliers.

Alex rebascule sur le côté.

– Florence est en tournage en Hongrie et la date vient de changer d'un coup. Alors ses deux garçons vont nous rejoindre depuis Los Angeles et passer l'été avec nous.

– Oh mon dieu, suffoque Mattie comme si elle allait s'évanouir. J'arrive pas à croire que tu nous aies rien dit.

– Elle est en train de te le dire, Mattie.

Même Tamsin parle à Mattie avec condescendance.

– Je ne les ai pas vus depuis des années, dit Hope. Ils ont dû bien changer. Kit doit avoir dix-neuf ans, par-là, et Hugo un ou deux ans de moins. Ne leur sautez pas dessus dès qu'ils arrivent. Souvenez-vous du pauvre cormoran.

On fait une minute de silence à la mémoire du pauvre cormoran. On l'avait soigné sous la houlette de Mal, et puis il était mort d'une crise cardiaque, « à force d'être harcelé par quatre balourds », selon Mal. Enfin, c'était la cause probable du décès – on n'a jamais vraiment su, parce que Papa ne nous a pas permis de l'autopsier. J'ai dessiné l'oiseau après sa mort, ses grandes ailes hirsutes entièrement déployées. Il faisait la même taille qu'Alex à l'époque. Son cadavre avait quelque chose de fantomatique, avec son cou de serpent et ses yeux froids.

Quand Hope nous a rappelé cette histoire, ça a comme lié Kit Godden, dans mon esprit, à ce grand cormoran – et ces visions se sont soudées pour toujours, l'enfant de star et l'oiseau noir hirsute. Dans l'édition de 1954 de l'*Encyclopédie des oiseaux britanniques* de mon grand-père, il est écrit que le grand cormoran est un oiseau « sinistre, reptilien, souvent confondu avec le *Phalocrocorax aristotelis*. »

Hmm.

Hope s'est assise.

– Et voilà, elle a dit. Tout ça. On porte un toast à l'été qui commence ?

Tout le monde a attrapé son verre, sauf Alex, que Maman fixait d'un regard tellement glacial qu'il est allé se glisser dans l'herbe sous la table pour y rester.

Huit voix en chœur :

– À l'été qui commence !

5

Trois jours avant que Kit et Hugo Godden ne débarquent à la plage. Aucun majeur de plus de trente ans n'avait l'air de s'alarmer de l'apocalypse à venir, mais Mattie dévouait chaque heure de son temps libre à de grands travaux sur sa personne. Pendant que le reste de la famille vaquait à ses occupations, elle se faisait des masques à l'avoine en se tripotant les cheveux devant le miroir.

– Dégueu, a dit Alex. Je vais télécharger des chauves-souris pour les montrer aux garçons quand ils arriveront.

Il avait l'air de s'estimer fabuleusement généreux. Après tout, qui n'aime pas les chauves-souris ?

– Ils aiment pas les chauves-souris, a dit Mattie.

– Je te parie que si. Je te parie qu'ils sont en manque de chauves-souris parce qu'il y en a pas assez là d'où ils viennent.

– Ils ont Batman, a rigolé Tamsin.

Alex l'a ignorée.

– S'ils aiment les chauves-souris, ils sont cool. Sinon, ils ont qu'à se barrer.

J'ai haussé les épaules.

– Je valide.

– Batman ! s'est écriée Tamsin, plus fort cette fois-ci, au cas où on n'aurait pas compris le lien.

– Vous pouvez pas juste vous la fermer et sortir d'ici ?

Mattie était sur les nerfs. Il fallait qu'elle enlève son masque et qu'elle travaille sa moue boudeuse, et il lui restait peu de temps.

– OK, on a compris tes sous-entendus, a dit Alex, et il a refermé son ordinateur portable d'un coup sec.

– Elle est folle, a dit Tamsin quand on est sortis.

Pour Alex, ça allait sans le dire.

– Oh là là, j'espère que c'est pas le genre de gros débiles baveux qui sont à fond sur les gros seins.

– Les gros seins ? De quoi ?

Mal émergeait du cabanon, une boîte à outils à la main. Il y avait le portail à réparer.

– Les mecs de Californie, là. Je suis sûr, cet été, ça va être le festival des langues et des gros seins. Dégueu.

Alex a fait semblant de s'étrangler.

– Des langues, des gros seins, direct ? On se calme, jeune homme.

Mal trouvait Alex super hilarant, comme nous tous, d'ailleurs.

– Pas la peine d'imaginer le pire.

– Ça a pas intérêt à se passer comme ça, en tous cas.

Alex est reparti pas content.

– Tu peux m'emmener à l'écurie ? a demandé Tam à Mal, avec son sourire le plus conquérant.

Il lui a agité un tournevis sous le nez.

– Il y en a qui ont du boulot !

Tam a soupiré et suivi Alex dans la maison.

– Eh bien, ça nous laisse tous les deux ensemble, apparemment, a dit Mal en passant un bras autour de mes épaules. Un peu de bricolage, ça te dit ?

– Nan. Je crois que je vais aller me baigner.

– Fais-toi plaisir, il a dit. La liberté ! Profite des rêves limpides de ta jeunesse.

J'ai levé les yeux au ciel.

– C'est ça, ouais.

– Tu clignes des yeux, et hop ! Voilà la vieillesse et la décrépitude, et presque plus personne ne veut t'épouser.

– Je dirai à Hope que tu l'épouses par désespoir.

– Te gêne pas, trésor.

J'ai marché jusqu'au bord de l'eau et puis dedans, petit à petit. Ça changerait, de traîner tout l'été avec des gens qu'on ne connaissait pas. Je ne savais pas si c'était bien ou pas, comme changement. Alex avait raison : des semaines à voir Mattie flirter en débardeur et se faire baver dessus, c'était au-delà des limites du supportable. Mais peut-être que sur les deux mecs, il en y aurait au moins un de correct.

J'ai plongé et laissé la mer glacée se refermer par-dessus ma tête. Il y avait trop de pensées qui tourbillonnaient dans l'air. Au moins, là, c'était silencieux.

Quand j'ai recroisé Mattie ensuite, on aurait dit qu'elle s'était photoshoppée : bronzée, musclée, le teint homogène, les sourcils dessinés en arches nettes, les jambes (et Dieu sait quoi d'autre) épilées, huilées, luisant légèrement. Elle sentait le géranium et la rose, et on a reconnu direct le parfum de Maman.

– Je lui ai juste emprunté, elle a dit.

Mais un parfum, ça s'emprunte comment, exactement ? C'est pas comme si elle pouvait le rendre ensuite.

Elle était allongée sur le gros vieux canapé du salon, les jambes par-dessus le dossier, et contemplait son portable comme si un génie pouvait en émerger au moindre frottement.

Mattie et moi, en général, on s'ignorait, vu qu'on avait tellement peu en commun. C'était plus simple que de débattre férocement de nos choix de vie, puisque je ne trouvais jamais les siens dignes d'intérêt, et elle, pas plus les miens.

Les heures se sont écoulées comme le reste de l'année avant le moment qu'on attendait tous. Même si on ne savait pas exactement ce qu'on attendait.

6

Le matin où Kit et Hugo Godden ont débarqué à la mer, Mal jouait aux cartes avec Maman, Tamsin était à l'écurie avec son cheval, Mattie se mettait du vernis à ongles, et Papa, Hope et moi on se baignait. Gomez était allongé dans l'ombre du jardin, la langue pendante, en pleine rêverie.

On a tous repéré la voiture : une longue Mercedes noire aux vitres fumées. Pas le genre qu'on avait l'habitude de voir dans les alentours, alors on a su.

Je veux dire, on connaissait pas les détails. On savait juste qu'ils venaient passer l'été avec Mal et Hope et, franchement, c'était déjà à la limite de l'extase totale.

Mattie était au summum de la surexcitation. Enfin un peu d'action !

Moi, j'étais d'humeur soupçonneuse. Pourquoi nous ? Pourquoi ici ? Ils étaient pas assez grands pour passer l'été tout seuls ? Ils n'avaient pas d'amis à L.A. ?

Tamsin, qui vouait à son cheval une véritable passion, n'était pas aussi vulnérable que nous au risque d'une histoire d'amour. Même elle, pourtant, a jeté quelques ballots de foin dans le box de Duke et est rentrée tout de suite quand Maman lui a envoyé un texto.

On a convergé d'un coup, Tam sur son vélo, Mattie (les ongles pas encore secs), Mal depuis chez nous.

Hope, Maman, Papa et moi, on était déjà là.

Les étés, ça se passait en maillot de bain avec short et T-shirt par-dessus, alors on était vraiment discount comme comité d'accueil présidentiel : ébouriffés, couverts de coups de soleil, absolument pas à la hauteur. Le chauffeur de la Mercedes portait un costard-cravate sombre, et Florence Godden s'est envolée du siège passager comme si elle s'apprêtait à remonter le tapis rouge, son ample tunique de soie blanche flottant derrière elle en étendard. Gomez s'est élancé vers elle, les oreilles bringuebalantes, mais Florence a plutôt bien réagi – elle a juste retiré l'un de ses longs gants en crochet, s'est accroupie et l'a caressé jusqu'à ce qu'il ne soit plus intéressé, et qu'il revienne au rien du tout de sa vie habituelle.

C'était une femme d'une cinquantaine d'années, gracile, un peu émaciée, dans le style des beautés hollywoodiennes sur le déclin, les cheveux sombres parfaitement coiffés, la peau d'un cuivré chatoyant, portant d'immenses lunettes de soleil blanches, les traits du visage dessinés sur papier millimétré. Les multiples voilures de soie de sa tunique ondoyaient par-dessus son long pantalon blanc, impeccablement repassé, qui tombait sur des sandales compensées blanches. Les sandales paraissaient plus lourdes qu'elle.

Mattie dévisageait Florence Godden avec émerveillement. Une vraie star de cinéma, même si son heure de gloire remontait à bien avant la naissance de Mattie.

– Ma chérie, a soufflé Florence en voyant Hope. Ça fait combien de temps ?

– Trop longtemps, a dit Hope avec un sourire, et elle a embrassé sa marraine.

– Quelle merveille de vous rencontrer tous.

Florence parlait d'une voix qui faisait traînasser un accent britannique sous de fausses inflexions texanes.

– Je sais déjà que mes garçons seront très heureux ici.

L'auditoire a brusquement reporté son attention ailleurs, comme quand une balle de tennis passe le filet. Kit est descendu de l'arrière de la voiture, et l'expression de Mattie s'est focalisée d'un coup – ça faisait un bail qu'on n'avait pas vu ça. Déjà, elle n'était pratiquement jamais la deuxième personne la plus belle des environs, alors ça devait être un choc de rencontrer Kit. Mattie avait l'habitude qu'on l'admire, étant donné qu'elle avait pile poil les bonnes courbes, la bonne longueur de jambes, les yeux de la bonne taille, les lèvres idéalement généreuses, au point qu'hommes et femmes de toutes orientations s'arrêtaient pour la regarder et la reregarder.

Mais Kit Godden, c'était autre chose. La peau dorée, les cheveux auburn, épais, illuminés d'or, les yeux noisette saupoudrés d'or – une sorte de statue grecque de jeune homme, toute dorée. Il portait un vieux polo blanc avec un alligator du côté gauche, un short kaki baggy et des tongs. Ses cheveux assez longs sortaient de son crâne façon serpents de Méduse. De temps à autre, il les ratissait d'un coup de main.

Dans ma mémoire, c'est comme s'il scintillait. Je ferme les yeux et je le vois tel qu'il nous est apparu, la peau illuminée de l'intérieur. On aurait dit qu'il avait passé des heures à absorber la lumière du soleil pour la rediffuser ensuite petit à petit. Sa voix, elle aussi, était d'or : basse, complice, pas râleuse et geignarde comme les nôtres.

Kit Godden a déposé son regard sur chacun d'entre nous, l'un après l'autre, arborant un sourire éclatant. Il y avait de l'assurance dans sa voix, dans ce qu'elle exigeait qu'on se penche un peu pour mieux l'entendre.

C'est Mattie qui a été présentée en premier, et Kit lui a offert sa main, solennellement. Je m'attendais à ce que cette collision entre chaud et froid déclenche un éclair, un tremblement de terre au moins. En quatre secondes, il l'avait charmée jusqu'à la mort ou presque.

L'exaltation du groupe s'est déplacée à nouveau.

– Hugo, mon chéri, tu es où ?

Florence s'est penchée vers la Mercedes et elle a retiré ses lunettes pour aller extirper son deuxième fils du coin opposé, le tirant par le poignet pour qu'il émerge enfin. Un garçon brun, plutôt banal. Il s'est déplié de son siège. Il ne se tenait pas très droit, et il était plus grand, plus maigre, pas une carrure d'athlète comme son frère. Il portait un T-shirt bleu normal et un jean sur des baskets blanches. Rien d'autre : pas de gilet cool, pas de veste, pas de casquette, pas de sweat à logo. Son expression semblait un peu déphasée, il avait les mains enfoncées profond dans ses poches, le visage détourné, alors c'était difficile de le regarder vraiment. Il faisait osseux, mal à l'aise, gros coudes, gros genoux, comme un jeune lévrier.

On voyait la ressemblance avec Kit, mais sans le charme, sans le rayonnement, c'était clairement le vilain petit canard – pas de signes distinctifs, sauf les sourcils froncés, l'impression qu'il donnait d'avoir envie d'être autre part.

– Entrez donc, entrez, a dit Malcolm.

Il a entraîné tout le monde dans la maison et il s'est mis à distribuer des verres pendant que Hope prenait Florence et Kit par le bras, d'un air un peu crâneur qui n'était pas habituel chez elle.

– Ça va faire pas mal de prénoms à se rappeler, elle a dit à Kit à voix basse. Mais tu vas t'en sortir.

Kit a répété nos prénoms, les agrafant à chacun avec un sourire, comme s'il se fabriquait un moyen mnémotechnique original.

Malcolm et Maman ont disparu dans la cuisine, abandonnant Mattie à sa contemplation de Kit, et Hope au dressage de la table. Papa et Florence bavardaient comme s'ils se connaissaient depuis toujours ; Florence avait perché sa main sur le bras de Papa, et sa voix mélodieuse de star de cinéma tintinnabulait dans les aigus comme celle d'une Française. Mal est allé chercher des verres à vin et il a servi un blanc italien qui a dégringolé d'un coup sur nos estomacs vides. Mattie s'est mise à osciller, ce qui a imposé à Kit le magnifique de la stabiliser d'une main et d'un sourire compatissant. À voir le visage de Mattie, on aurait pu redouter que ses globes oculaires fondent sur place.

Par-dessus son épaule, Kit a balancé lui aussi un regard qui s'est cogné au mien. C'était mon truc à moi d'avoir l'air indéchiffrable, mais j'ai vu tout de suite qu'il avait vu tout de suite que…

Disons qu'à ce moment-là il s'est enfoncé entre mes côtes comme un Opinel.

Il a soutenu mon regard un peu trop longtemps, et puis il a baissé la tête et nous a tous accordé un coup d'œil, l'un après l'autre.

Oooh. Toute une pièce qui retient son souffle.

Avant de le relâcher.

– Mes merveilles, a dit Florence en prenant Kit par le bras.

Elle lui a adressé un regard d'adoration et s'est mise à chercher Hugo, qui s'était installé dans le recoin le plus sombre de la pièce, où il affichait une expression contrariée.

On n'aimait déjà pas Hugo ; notre jugement sur la famille Godden était implacable, unanime : Kit avait toutes les qualités les plus exquises ; Hugo, par contre…

Hope nous a resservis en vin et Mattie a séparé Kit du reste du groupe, comme un chien de berger, l'incitant doucement à se décaler vers notre côté du banc. Je l'ai entendue dire :

– C'est mieux que ça en a l'air.

Et il a murmuré quelque chose en retour, d'un ton approbateur. Mieux que ça en a l'air ? Ça a déjà l'air fabuleux.

– Il y a un terrain de tennis, on peut se baigner, faire du voilier, et il y a des chevaux vers là-bas, on peut pêcher, et la ville est à quelques kilomètres à peine – enfin, je pense pas que tu conduises.

Elle s'est interrompue, un peu coincée, ne sachant pas trop quoi dire ensuite.

– Si je ne me plais pas ici, je ne rejetterai pas la faute sur toi, a dit Kit. Et puis j'ai des textes à apprendre pour mon audition pour la RADA. Alors je ne risque pas de m'ennuyer.

– On s'ennuie pas, en général, a dit Mattie.

Elle se rendait ridicule – même si c'était parfaitement possible, en effet, que Godden numéro un trouve la vie ici intolérablement monotone. Elle a repris :

– Enfin, ça dépend de tes habitudes, je pense.

Et puis :

– La RADA ? Tellement cool.

La Royal Academy of Dramatic Arts : la crème de la crème de l'école de théâtre. Tellement cool, oui. Ils étaient assis tous les deux vers le bord de la terrasse, juste en face de notre maison, et je distinguais clairement le fiancé de Mattie. Il avait un côté ambisexuel, mais c'est toujours difficile à dire avec les acteurs. La manière dont il se tenait, le menton légèrement dressé pour attraper l'œil de la caméra, ça en disait long, comme s'il avait parfaitement élucidé sous quel angle il devait poser.

– Votre maison est géniale, a dit Kit.

– Elle est dans la famille depuis toujours, a dit Mattie qui balançait ses jambes. On la remarque même plus.

La tête d'Alex est apparue sous un coin de la terrasse.

– Kit, je présume.

– J'en ai bien peur. À qui ai-je l'honneur ?

– Alex.

Il s'est extirpé de la cavité sous la terrasse et s'est redressé, clignant des yeux dans le soleil et époussetant ses bras et ses jambes, couverts de feuilles moisies et de toiles d'araignée.

– Aouille, il a fait en s'étirant. Crampe.

– Qu'est-ce que tu fabriques là-dessous ?

– J'observe la nature.

Il a brandi une lampe torche de la taille d'un stylo et l'a braquée directement dans les yeux de Kit.

– Des crapauds, des salamandres, des insectes. Un peu de tout.

– Je suis pas très fort en bio.

– C'est pas de la bio, a dit Alex avec dédain. C'est le monde.

Kit a cligné des yeux.

Et puis Mattie :

– Tu fais de la voile ?

– Un peu.

Kit a suivi son regard jusqu'à la plage, où un petit bouquet de mâts oscillait sur la lagune.

– C'est compliqué d'entrer dans l'estuaire mais on s'habitue, elle a dit. Il faut s'approcher plus près qu'on croit, même si ça a l'air dangereux.

Ses jambes décrivaient de larges cercles. Kit avait l'air intéressé.

– Il faudra que tu m'emmènes. J'ai fait de la voile seulement dans l'océan Pacifique. C'est pas la même chose.

– C'est beaucoup plus grand, déjà, a dit Alex avant de disparaître à nouveau.

– On vient ici depuis, genre, des générations, a dit Mattie. Il se passe plein de trucs chaque été. Vers fin août, Papa et Mal vont faire la Grande Virée en Voilier, autour de la pointe. On a pas le droit d'y aller parce que c'est un truc entre mecs, tu vois, mais une fois ils ont failli se faire couper en deux par un ferry, et une autre fois le vent était tellement mauvais que leur mât s'est cassé.

Silence.

– Et puis il y a un championnat de tennis qui est trop cool. C'est une grande tradition et tout.

– J'aime bien le tennis, a dit Kit.

– C'est Mal qui joue le mieux, mais je me défends aussi.

Mattie se défendait, c'est vrai. Elle était pas génialissime, mais pas mauvaise. On jouait tous à une version un peu kamikaze sans règles et avec un filet tout avachi, et il n'y avait pas d'arbitre. Celui qui argumentait le mieux gagnait le point.

Dans l'autre maison, Hope a fait tinter la cloche. Le déjeuner était prêt.

– Faut qu'on y aille, a dit Mattie.

– Prépare-toi, pour Florence, a dit Kit. Les séparations, ça la rend extrêmement émotive. Elle pleure, ça lui donne l'impression d'être une bonne mère.

– C'en est pas une ? a demandé Mattie.

Kit a rigolé.

7

J'ai observé Florence Godden comme un photographe animalier observe un lémurien à queue rayée. Elle avait une manière de confisquer l'attention que sa célébrité ne suffisait pas à expliquer ; si elle n'avait pas été la marraine de Hope, on n'aurait pas su, nous, les jeunes, qui elle était. Ce qui m'impressionnait, c'était sa façon de jouer de son apparence étincelante pour attirer le regard, le maintenir, et puis soudain le renvoyer d'où il venait.

– C'est quoi, ce film que tu vas faire ?

Elle a fourni une réponse vague, mentionné un réalisateur serbe qui accéderait bientôt à la gloire, un premier rôle masculin coutumier des cérémonies des Oscars, et un scénariste tellement célèbre que tout le casting avait signé une clause de confidentialité. Puisque personne autour de la table (à part peut-être Mal et Hope) n'aurait été capable de citer le nom d'un seul scénariste, le mystère avait peu de valeur. Mais le résultat, c'était qu'on ne s'est aperçus que plus tard qu'elle n'avait pas vraiment révélé quoi que ce soit du projet. Je n'y connaissais rien en cinéma, mais je soupçonnais que ce n'était pas le genre de film à faire l'ouverture à Cannes.

Hugo disposait du talent contraire : celui de l'invisibilité sélective. Les regards glissaient sur lui sans s'y arrêter. C'était une sorte de don, quand on y pense.

Kit dégageait sa douce lumière auprès de Mattie, heureux de laisser sa mère s'approprier la scène. Il n'avait pas besoin de rivaliser, et il le savait. Et elle le savait aussi. Qu'il soit à elle lui causait une sorte de fierté, de la fierté et un petit quelque chose d'autre aussi.

Hope parlait du mariage, pas un énorme truc, rien d'extravagant, tu me connais, pendant que Florence Godden faisait semblant d'être stupéfaite et disait mais *au moins* laisse-moi t'offrir les fleurs, et bien sûr que *non* mon agenda n'aura aucune incidence, ils n'auront qu'à continuer le tournage *sans moi* si nécessaire.

D'une manière ou d'une autre, je savais qu'on n'en arriverait pas là. J'ai attrapé le regard de Hope et j'ai vu qu'elle le savait aussi. C'était complice comme moment, ou presque, mais ça n'a pas duré longtemps.

Le dessert a surgi de la cuisine, une création de Mal : une tarte aux prunes de la taille d'un pneu de tracteur. Hope l'a posée à côté d'Hugo parce qu'il était le plus près, et aussi pour l'inclure un peu dans le groupe. Une grande carafe de crème est venue le rejoindre.

Hope a tendu le couteau à Hugo.

– Tu nous coupes le gâteau, Hugo ?

Mais il a fait non de la tête, alors Alex a attrapé le couteau, et il a tranché la tarte en douze triangles inégaux.

Florence a réceptionné le sien en manifestant bruyamment son enthousiasme, alors qu'elle n'avait quasiment rien mangé de tout le repas. Elle n'a rien mangé de la tarte non plus, et au bout du compte Mal a fait glisser la part sur son assiette à lui.

Le café est arrivé, et Florence a commencé à manifester les signes d'un départ imminent.

– Si seulement je pouvais rester parmi vous, mes merveilleux amis, plutôt que de m'envoler pour la Hongrie, elle a dit, et elle disait « Hongrie » de la manière dont elle aurait dit « Pyongyang ».

– Ne pars pas, a dit Mal la bouche pleine de tarte. Y a que du goulash et des patates chez les Magyars. Boring au possible !

Il a prononcé Magyars « mod-jar ».

– C'est quoi les mod-jars ? a demandé Alex, assez logiquement.

Tout le monde s'en fichait.

– *O douleur ! O douleur ! Le temps mange la vie*, a soupiré Florence. Mais jusqu'à ce qu'on se revoie, je garderai chacun d'entre vous au plus profond de mon cœur.

Elle s'est frappé la poitrine en penchant tristement la tête, et ensuite – fondu au noir – elle a fait glisser un gant en dentelle, puis l'autre, le long de ses poignets délicats, elle est allée récupérer son chapeau sur la table près de l'entrée, elle a enlacé Kit, Hope et Mal, a jeté des baisers au reste du groupe, et au dernier moment elle s'est arrêtée et elle a cherché Hugo du regard.

– Hugo ! a appelé Mal, et tout le monde a fait silence, en attendant qu'il réapparaisse.

Il n'est pas réapparu.

Quand il a enfin refait surface, sa mère était partie.

8

Je n'ai jamais vu quiconque tomber amoureux aussi vite que Mattie. C'était comme si un petit fonctionnaire dans son esprit avait fait des heures supp pour cocher les cases d'un formulaire « Comment Savoir si c'est l'Homme de votre Vie » déniché un jour sur Internet, orné de photos de jeunes couples rayonnants, l'un sur le dos de l'autre, en pleine cueillette de pommes ou bataille de polochons.

Là, elle parlait avec Alex, qui essayait de ne pas l'écouter, et moi je faisais des croquis de paysages depuis le haut de la tour.

– Tu penses qu'il est comment ? Kit, je veux dire. Je veux dire, il est comment *en vrai* ? Kit. Kit Godden. C'est trop beau comme nom, tu trouves pas ?

Alex l'a dévisagée.

– Chépa. Ça fait un peu nom d'animal. Genre furet.

Il a retroussé la lèvre supérieure et il a susurré entre ses dents :

– KKkkit. Kkkkit. *Kkkkit*. Oui, c'est ça, ça fait furet. Mais c'est cool, hein, perso j'aime bien les furets.

– C'est pas un furet, s'est écriée Mattie pendant qu'Alex sortait.

Elle s'attendait à une réponse, elle n'en a pas eu, et c'était pas la peine d'être dans la pièce pour savoir qu'elle était retombée lourdement sur le canapé et visualisait à présent un été en immersion Kit Godden intégrale – baignade avec Kit Godden, voile avec Kit Godden, lecture sur le canapé les pieds lovés contre ceux de Kit Godden. Après ça, discrète ellipse temporelle, et voilà monsieur et madame Kit Godden et leurs sublimes enfants : Venise, Céladon et le petit Fox.

À vue de nez, il lui restait vingt minutes avant de commencer à s'ennuyer de fantasmer toute seule, et elle aurait besoin d'un nouvel auditoire. Mattie, c'est comme un arbre qui tombe dans une forêt : il faut qu'il y ait quelqu'un pour la remarquer, sinon elle a l'impression de ne pas exister.

Quinze minutes, finalement. Elle s'est relevée et elle est partie en chasse d'un peu compagnie.

– Mais enfin, ils sont où *tous les gens* ? elle s'est écriée. Maman ?

On l'entendait jusqu'en haut de la tour. Probablement à quatre kilomètres autour aussi.

– Alex ? Y a quelqu'un ?

J'ai passé la tête par la fenêtre juste à temps pour voir celle d'Alex émerger de l'espace entre l'herbe et la terrasse.

– Qu'est-ce que tu veux encore ?

– Tu penses qu'il va tomber amoureux de moi ?

Alex lui a jeté un regard dubitatif, et s'est à nouveau retroussé la lèvre.

– Kkkki ça, Kkkit ?

Mattie a eu l'air pleine d'espoir.

– Non, a dit Alex.

– Mais si, c'est sûr et certain.

– OK.

La voix d'Alex provenait des profondeurs de sa tanière, où il avait à nouveau disparu.

– Comme tu veux.

Mattie l'a suivi jusque sous la terrasse, s'agenouillant pour scruter l'obscurité.

– Tu verras bien !

– Madame Kkkit !

J'ai refermé la fenêtre.

Hope et Malcolm avaient kidnappé le futur mari de Mattie et son frère pour les emmener faire le tour des curiosités du coin – les standards : l'église du quatorzième siècle, le cimetière de l'époque des grandes invasions, la librairie d'occasion, le château en ruine, le pub historique. C'était difficile d'imaginer qu'ils se prennent de passion pour notre histoire locale, étant donné qu'ils venaient de L.A., où il n'y a aucune histoire locale.

– Ça va pas les intéresser, tous ces trucs pourris, a dit Mattie. C'est la journée parfaite pour faire de la voile, et le bateau est là à moisir. Kit aurait pu sortir en mer avec moi. Viens faire de la voile avec moi, Alex.

– Je vais pas faire l'intérim pour ton futur mari. On va y rester des heures et j'ai des choses à faire.

– *Steuplé*, Alex !

Parfois, j'ai un aperçu de la puissance de Mattie. Quand elle veut quelque chose, elle a l'air tellement pleine d'espoir, tellement fragile aussi, le besoin qu'elle éprouve fait fondre tous les cœurs alentour, c'est fou, et en-dessous elle est en acier trempé. Les gens qui n'ont pas l'habitude de ses grands yeux marron et de son imperturbable détermination se font des crampes au cerveau parfois.

Alex résistait.

– J'ai des tonnes de trucs à faire.

– Allez, Alex… on cherchera des phoques !

Sa volonté commençait à s'effilocher. J'ai eu envie de crier : *Tiens bon, Alex ! Pense aux résultats du cricket ! Aux tables de multiplication !*

– OK, il a dit, vaincu, et il est parti chercher les voiles.

Ils sont rentrés en fin d'après-midi, trempés, salés et furieux, s'étant disputés tout du long pour décider de qui serait le skipper, pour se reprocher l'un l'autre de ne pas avoir apporté de sandwichs et, plus tard, pour se refiler la tâche de rincer les voiles. Du coup, aucun des deux ne l'a fait.

Papa a débarqué de la ville juste avant qu'ils ne partent pour la plage, séparément, et en colère. Mattie a jeté ses bras autour de lui.

– Coucou, Matts. T'es allée faire de la voile avec Alex ? Vous aviez mis vos gilets de sauvetage ?

– Oui. On mange quoi pour le déjeuner ? On crève de faim.

– Jambon fromage, il a dit. Mais il est presque 17 heures. Ça va être l'heure de dîner.

– Tu me fais un sandwich, Matts, OK ? a dit Alex en s'effondrant sur le canapé.

– T'as qu'à te le faire toi-même.

– Je suis sorti en mer avec toi ou pas ?

Il s'est tourné vers notre père.

– Y a Mattie qui est à fond sur le nouveau mec.

– Elle vient à peine de le rencontrer.

– Ben même.

Mattie est ressortie de la cuisine en furie.

– Il est plus sympa que qui que ce soit dans cette maison.

– Clair, a dit Alex.

Mattie s'est ré-engouffrée dans la cuisine, et puis elle est ressortie quelques minutes plus tard avec un sandwich à l'air morose qu'elle a plaqué sur la table devant Alex.

– Mille mercis.

Papa s'est assis près d'Alex sur le sofa.

– Vous avez vu des trucs intéressants ?

Alex s'est redressé et il a attrapé son ordinateur portable.

– Regarde – les dernières images en direct de Chauve-Souris TV. Cinq espèces pour l'instant.

Il a désigné l'écran du doigt.

– Plus celle-ci, un vespertilion de Daubenton, je crois, hyper timide.

Il a mis la vidéo sur pause. L'image était bleutée, brouillée.

– Regarde-la comme elle a un beau visage. Tu trouves pas ? Elles vivent sous terre, normalement. Aucune idée de comment celle-là s'est retrouvée dans mon nichoir.

Mattie s'est penchée pour regarder la photo, et elle a frémi.

– Deg.

– Il y en a moins que d'habitude, cet été. Ça se voit le soir, rien qu'à regarder. Pas assez de moustiques à bouffer.

– Tant pis pour elles mais tant mieux pour nous, a dit Papa en s'étirant. Je pars faire un tour avec votre mère avant qu'il fasse nuit – vous nous accompagnez, les enfants ?

Alex a grimacé.

– Prenez Mattie, ça va peut-être lui remonter le moral.

Mattie lui a filé un coup de pied.

– C'est pas à moi qu'il faut remonter le moral.

– Hé !

– Bon, ça suffit, a fait Papa en se tournant vers moi. Et toi, tu viens ?

J'ai remué la tête.

Mattie est restée là à faire semblant de regarder un film, mais en vrai elle fantasmait sur Kit. Personne à part lui ne la comprenait vraiment, etc.

Ou ne s'en souciait le moins du monde, d'ailleurs.

Je me demandais si Mattie allait déclencher un gros drame exprès pour embêter tout le monde cette année. Ça semblait plausible. Elle mourait d'envie de perdre sa virginité, et qui serait capable de dire non à Mattie ? Certainement pas un fils de star fraîchement débarqué de l'avion.

Et pendant ce temps-là, il y aurait des bouquets de fleurs et des robes et des repas de mariage à préparer, même si Hope racontait qu'elle voulait que ce soit tout simple. Ça serait contagieux, comme atmosphère, et les fiançailles de Hope et de Mal allaient forcément ajouter au délire dans la tête de Mattie.

Enfin bon, il faut bien que chaque été ait son thème, et Mamours et Mariage c'est déjà un chouïa mieux que Mort et Malheur.

9

C'était toujours Papa qui se réveillait en premier. Il allait se baigner, faisait un jogging de quatre kilomètres jusqu'à l'épicerie, revenait avec un journal et du pain, préparait le café, et puis il passait une demi-heure à dénicher quelqu'un qui faisait la grasse matinée, juste pour le plaisir de le sermonner. Si elle n'était pas en train de dormir, Maman allait se baigner avec lui et, quand ils revenaient, Malcolm et Hope nous avaient rejoint pour le café. Les moins de vingt ans émergeaient lentement, l'un après l'autre, par ordre d'âge (croissant). C'était la même chose tous les matins.

La seule différence, à présent, c'était que Mattie sautait du lit plus tôt que d'habitude, de mauvais poil, en mode tête de cochon, et au lieu de se jeter la tête la première sur l'un des grands canapés dans l'attente d'une tasse de thé, elle enfilait des tongs et se dirigeait à pas de canard vers là d'où Hope et Mal étaient venus.

L'histoire d'amour entre Mattie et Kit avait commencé de manière totalement fourbe ; Mattie était entrée dans la petite maison en faisant croire qu'elle cherchait Hope, alors qu'elle venait de la croiser sur le chemin, marchant dans la direction opposée.

Le matin, une fois là-bas, elle s'installait pour attendre de prendre le petit déjeuner avec Kit, mais parfois c'était Hugo qui venait à la place. Elle n'avait pas à s'inquiéter d'être désagréable avec Hugo ; il le remarquait à peine, de toute façon.

Ça me faisait plaisir qu'elle ne gaspille pas ses efforts à traquer Kit. Elle débarquait, c'est tout. Quand on ressemble à Mattie, c'est facile de s'inviter pour le petit déjeuner, c'est pas gênant, c'est juste adorable. Ce qui me saoule, c'est que ça ne demande aucun effort de naître beau, c'est pas du travail, ça requiert pas d'acrobaties mentales, pas de force de caractère. C'est juste un gros coup de bol. Et pourtant c'est une monnaie universelle, qu'on confond souvent avec une sorte de supériorité morale.

Si Kit était à la recherche d'une conquête estivale facile, Mattie, avec son maillot de bain jaune pâle à fanfreluches, remplirait exactement cette mission. Mais dès le début, ça a été difficile de savoir ce que recherchait Kit exactement. C'était pour ça que c'était si intéressant. Pour moi, en tous cas.

Un matin j'ai entendu des voix en bas de la tour et j'ai passé la tête par la fenêtre pour regarder.

– À toi de dire, a déclaré Mattie.

– Non, à toi, a répondu Kit, qui marchait près d'elle mais sans la toucher.

– OK. Alors ça serait en bord de plage, évidemment, avec des pilotis et des fenêtres partout autour, et une échelle que je pourrais remonter si je voulais empêcher quelqu'un d'entrer – *toi*, par exemple, elle a ajouté en levant les yeux vers moi.

Kit a suivi son regard et rencontré le mien, pile dans le cœur de cible. Il avait un talent fou, ce mec, pour soutenir le regard des gens. J'ai eu un mouvement de recul.

– Et un roof garden avec plein de plantes exotiques et une piscine privée...

Une *piscine privée* ?

– Avec dedans une paroi en verre qui donne sur un aquarium, en fait, avec des poissons tropicaux. Et puis...

– Waouh, a dit Kit. Elle est vachement plus cool que la mienne.

– C'est la maison de mes rêves, a répondu Mattie d'un ton solennel. J'ai toujours voulu une piscine privée avec un aquarium dedans.

– Tu as des idées d'une précision assez spectaculaire, a dit Kit sans ironie aucune. Peut-être que tu devrais devenir architecte.

– J'ai déjà décidé de faire médecine, elle a dit. Et toi ?

– Du théâtre, a répondu Kit. Qu'est-ce que je pourrais bien faire d'autre ?

Mattie a haussé les épaules.

– Quoi que tu fasses, tu seras génial. Après tout, pour avoir quelque chose, il suffit de le vouloir.

J'ai reculé d'un pas et j'ai fait un petit croquis des deux. Ils m'avaient tourné le dos, à présent, et ils descendaient vers la plage. Pour avoir quelque chose, il suffit de le vouloir ? Même pour devenir virtuose du violon ou neurochirurgien ? Et avec le cancer, ça marche pareil ? Pour avoir quelque chose, il faut surtout a) démontrer un minimum de capacités en la matière, et b) bosser incroyablement dur pour maîtriser le sujet. Ou c), dans le cas du cancer, manquer de chance. Jusqu'à présent, Mattie n'avait pas beaucoup manqué de chance dans sa vie, mais il était encore tôt.

Juste en-dessous de moi, Alex s'est dégagé du trou sous la terrasse et s'est redressé, un peu chancelant.

– Coucou Alex.

Il a dressé le menton.

– Comment ça va, les bêtes sauvages ?

– Nickel.

Il s'est tourné et a désigné la plage.

– Ils font quoi, les deux ?

– Mattie est amoureuse, j'ai dit.

– Hmm, a fait Alex en battant des paupières. C'est ennuyeux au possible, l'amour.

J'ai réfléchi un instant.

– Peut-être qu'il veut juste profiter de son aquarium à poissons tropicaux.

– Beurk. Pour moi, l'amour, ça requiert déjà des conversations intelligentes, de préférence au sujet des chauves-souris. Ces deux-là, ils n'y connaissent rien.

J'ai abandonné la fenêtre. Même Tam et ses chevaux, c'était plus intéressant que le grand roman d'amour entre Mattie et sa propre vie. Maman s'énervait quand je disais des trucs comme ça.

– Tu sous-estimes Mattie. Il y a plein de gens qui manquent un peu de relief à seize ans. C'est juste une phase.

Ça n'avait aucune importance que je sous-estime Mattie. Le reste du monde la surestimait, alors elle en sortait quand même gagnante. C'était pas la première fois que je pensais aux valeurs corrompues dans les sociétés humaines, à la beauté qui vainc tout, même la bonté, l'argent, le talent. Bon, tout seul, évidemment, la beauté, ça n'a aucun intérêt. Ça n'accumule aucune richesse. Ça met presque son propriétaire en risque de faillite. Même la Joconde, elle doit en avoir marre qu'on la contemple.

Les adultes avaient émergé de la maison et ils étaient à présent étalés dans le soleil, à boire du café. J'ai tiré ma chaise jusqu'à la fenêtre pour m'installer avec un carnet et des crayons, l'oreille traînant par-ci par-là.

– T'en as pas marre qu'ils s'incrustent chez vous ? a demandé Papa.

Malcolm a rigolé.

– Quand on débarque, on les trouve allongés par terre, très occupés à jouer aux cartes, aux échecs ou à faire des quiz sur leur race de chien préférée. Je crois que Mattie joue le rôle de la sœur que Kit n'a jamais eue.

– Nous, à leur âge, on planifiait de renverser le gouvernement, il me semble, a dit Papa, l'air véritablement perplexe.

Maman a froncé les sourcils.

– Ils font des quiz sur leurs races de chiens préférées ? T'es sûr ?

– Ouaip, a dit Mal. Sûr et certain. Mattie, c'est les bouledogues, parce qu'ils sont tellement moches qu'on a envie de leur faire plein de câlins, et Kit dit qu'il veut un cochon-chien-de-berger depuis qu'il a vu *Babe*.

– Un cochon, c'est pas un chien, a dit Hope.

– Du moment qu'ils s'extirpent du lit avant midi, a dit Papa.

– Je préfère ne pas penser à des histoires de lit, a grimacé Maman. On sait ce qu'ils fabriquent pour de vrai ? Je veux dire quand on n'est pas dans les parages ?

Mal a haussé les épaules.

– Moi, ça m'a l'air assez innocent.

Papa a jeté un œil au chemin.

– Cibles à l'approche.

Kit et Mattie revenaient, suivis par Gomez, qui s'est installé près de Mal et lui a jeté des regards intenses jusqu'à ce qu'il lui sacrifie sa tranche de pain grillé.

– Salut, a dit Hope. Vous faites quoi de beau aujourd'hui, vous deux ?

– Chépa, a dit Mattie. Un tennis, peut-être ?

– On va faire de la voile, a dit Kit.

– Sérieux ?

Mattie rayonnait. Kit a hoché la tête.

– Yes.

– Attention aux marées, a dit Mal en avalant une gorgée de café. Il va falloir partir bientôt si vous voulez sortir en mer.

Mattie a froncé les sourcils.

– Je fais de la voile depuis plus longtemps que toi, Mal.

– Il s'entraîne pour quand il aura des ados à lui, a dit Hope. Vous n'avez qu'à prendre notre bateau ! Tout est déjà en place, vous n'aurez pas à le sortir et à le re-rentrer.

– T'es sûre, ça te gêne pas ?

– Allez-y.

– Gilets de sauvetage ! a hurlé Papa alors qu'ils s'éloignaient.

Je les ai regardés s'en aller, Mattie en short de jean par-dessus son maillot, un vieux sweat de Papa noué autour des épaules, Kit en casquette de baseball et T-shirt d'un groupe de L.A. tellement cool qu'aucun d'entre nous n'en avait jamais entendu parler. Les cheveux de Mattie avaient pris cinquante nuances de doré dans le soleil, et le sel les ondulait encore plus que d'habitude. Les deux ensemble, on aurait dit une pub pour des fringues de sport de luxe.

Maman a levé le nez et a vu que je regardais. Elle m'a fait un signe de la main.

– Il y a une affichette à l'épicerie de la ville, ils disent qu'ils cherchent quelqu'un pour l'été. Tu pourrais candidater.

– Ah oui ? T'as vu ça quand ?

– Ce matin.

– Hello, Hugo.

Mal s'est décalé pour le laisser s'asseoir.

– Salut, j'ai appelé.

Il a levé la tête vers moi, n'a rien dit, et s'est à nouveau tourné vers Mal. J'ai repris place dans ma chambre avant que quelqu'un n'ait l'idée de m'appeler pour tenir compagnie à Hugo. J'allais pas gaspiller mon été dans des conversations à sens unique. J'ai descendu les escaliers et j'ai pris la fuite par la porte de derrière, sur le vélo de Papa, à toute vitesse.

Quand j'ai atteint le magasin, l'affiche était toujours là.

Lynn, la propriétaire, me connaît depuis que je marche à quatre pattes, alors pas besoin de lettres de recommandation. Je savais déjà où se trouvaient tous les produits. Les haricots en boîte, les allume-feux, les cartes de vœux, le fromage, les oignons, la vodka. Des étagères entières de bonbons et de boissons énergisantes. Elle m'a demandé de travailler de deux à cinq, trois jours par semaine. Pas longtemps, davantage le week-end, un salaire pourri, en liquide. Je me suis dit que ça pourrait être utile d'avoir de l'argent si j'arrivais un jour à quitter la maison.

Lynn m'a montré comment utiliser la caisse. J'ai rempli quelques étagères, j'ai fait pas mal de ménage, et finalement j'ai passé une demi-heure plutôt chouette à me balader avec un petit pistolet qui lit les étiquettes pour savoir si le produit est périmé.

Trajet retour à vélo.

Quand j'ai freiné dans l'allée, j'ai repéré Mattie et Kit, à une cinquantaine de mètres de la rive, Mattie à la barre, Kit accroché à la grand-voile. Le vent était quasiment retombé, et la voile bâillait comme un grand sac plastique. J'entendais des lambeaux de rires. Ils devaient être sortis depuis des heures.

J'ai regardé un bout de temps, mais Mattie me tournait le dos et Kit était derrière la voile alors j'ai erré en direction de chez Maléhope pour leur raconter mes passionnantes nouvelles perspectives de carrière.

Mal était ravi.

– Tous les grands ont commencé par empiler des produits sur des rayonnages.

Je l'ai fixé du regard.

– Quels grands ? Alexandre Le Grand ? Michel Legrand ? Le Grand Meaulnes ?

– Pas ces grands-là, il a dit en agitant la main. Les grands de l'industrie.

– Rockefeller ? Henry Ford ? Steve Jobs ?

– Oui, voilà. Enfin, tout ce que je dis, c'est que serait cool qu'il y ait plus de gens ici qui gagnent leur vie.

– Euh, pardon, a dit Maman. Il y en a parmi nous qui triment comme des dingues…

– Moi y compris.

Mal a fait quatre émotions différentes les unes après les autres, comme pris dans des lumières stroboscopiques.

– Hmm, a répondu Maman, et ce bruit de bouche aurait pu vouloir dire *Trouve-toi un vrai boulot*.

Quand Kit et Mattie ont enfin rangé le bateau, on en était déjà à la moitié du dîner et ils ont dû se serrer sur une seule chaise en bout de table. Mattie a enroulé une jambe autour de celle de Kit et ils ont mangé comme ça, comme des siamois, en piochant des morceaux dans l'assiette l'un de l'autre, en chuchotant et en pouffant. Mal et Papa s'occupaient du barbecue, sinon ils auraient coupé court à tout ça. Mais là je voyais Hugo les regarder avec une sorte de haine dans les yeux, et Alex s'est enfoncé les doigts dans la gorge avec effets de vomissements. Maman lui a dit d'arrêter, et Hope a fait semblant de ne rien remarquer. Pour le reste d'entre nous, c'était un dîner sans joie, toute notre belle intimité bulldozée. Et puis juste au moment où je me suis dit que j'allais me lever et débarrasser, histoire de pouvoir m'échapper, les yeux de Kit ont rencontré les miens, et il a fait un sourire tellement complice, tellement moqueur envers lui-même, que j'ai pas pu m'empêcher de sourire en retour, juste un tout petit peu.

Son jeu, ses règles.

10

Le magasin n'était jamais bondé mais j'aimais bien les vagues sporadiques de nouveaux arrivants : des touristes débarqués du camping en bas de la route, des randonneurs qui traînaient leurs bottes pleines de fumier jusqu'au rayon Tic Tac, des gens du coin qui s'achetaient des plats à réchauffer.

– Vous avez de la mozzarella ?

La dame était polie et un poil hésitante, mais ça n'a pas charmé Lynn, qui a à peine réussi à réprimer un ricanement.

– Ou du persil ? a demandé la dame, l'espoir en berne.

– Pas aujourd'hui, a dit Lynn d'un ton qui voulait dire à 100 % *jamais de la vie*.

– Désolée, a dit la femme. Merci.

Elle semblait avoir honte d'admettre qu'elle aimait un truc aussi bourge que du fromage à pizza, et j'ai eu envie de lui dire que l'épicerie du village voisin vendait non seulement de la mozzarella, mais aussi du parmesan. Et de la ricotta fraîche et de l'huile d'olive importée d'Italie et des roulés à la cannelle maison et de la spanakopita et des saucisses artisanales. Et du persil.

Lynn n'aimait pas les estivants, même s'ils dépensaient plus d'argent que les gens du coin. Son autre employée à mi-temps, Denise, partageait son opinion. Moi, j'appartenais clairement au camp opposé, mais j'avais des circonstances atténuantes : j'acceptais un salaire plus bas que tout autre candidat potentiel.

La plupart des clients, qu'ils soient du coin ou non, me connaissaient de vue. *Salut*, ils disaient. Ou alors : *Quoi de neuf ?* Et les garçons, à partir d'un certain âge, me demandaient presque toujours si Mattie était là, sauf si c'était le genre de mecs fans d'équitation, auquel cas ils me disaient qu'ils avaient vu Tamsin.

Tu m'étonnes qu'ils avaient vu Tamsin. S'ils avaient fait trois pas en direction d'un cheval, ils avaient forcément vu Tamsin trimbaler des seaux d'eau depuis la pompe, ou nettoyer son équipement, ou sortir les débutants pour la première fois en menant les chevaux par les rênes. Il y avait toujours une demi-douzaine de filles de son âge, leur maturation sexuelle mise en pause par le savon à selle, dédiant chaque heure de la journée aux chevaux.

Comme tous les autres parents de filles fans de cheval, les nôtres soupiraient, alignaient l'argent indéfiniment pour les leçons et l'équipement, se disaient que les chevaux, c'est un passe-temps sympathique, sain, et qu'au moins ils n'avaient pas à s'inquiéter qu'elle parte en virée dans la campagne dans une bagnole blindée d'ados bourrés.

Je me demandais, du coup, s'ils avaient déjà vraiment fait attention à ce que ça implique, le monde de l'équitation.

Il y a deux étés, avant la première compétition de Tamsin, je passais près d'une fille qui brossait la queue de son cheval, et soudain il lui a filé une bourrade, de ses deux pattes arrière, en plein dans la poitrine, sabots ferrés et tout. J'ai encore le choc sourd qui me résonne dans les oreilles quand j'y pense. Il a dû lui démolir toutes les côtes, mais j'ai jamais su, parce qu'on l'a emmenée à l'hôpital en hélicoptère. Une autre fois, Tam attendait son tour pour prendre un obstacle, quand le garçon juste devant s'est trompé dans ses pas et a fait un salto par-dessus son cheval, avant d'atterrir en petit tas de l'autre côté de la haie.

Il y a eu des os cassés cet été-là, une fracture du tibia et une épaule disloquée. Il y a eu des traumatismes crâniens et des entorses et un prof percuté au visage par une nouvelle recrue. Le staff prenait tout ça avec une sorte de tendre insouciance, mais moi les blessures m'horrifiaient, et aussi la taille et la puissance de ces animaux, que des cohortes de gamins minuscules baladaient sans peur. Tam aurait probablement été plus en sécurité à l'arrière d'une Corsa douteuse en excès de vitesse.

Une fois, en rentrant à la maison, j'ai fait un détour par la grange et j'ai aperçu Tamsin, à la fin d'une longue journée, qui prenait le thé dans le bureau avec les autres filles du club hippique. J'enviais leur solidarité, les conversations interminables sur des sujets dont tout le monde à part elles se fichait, l'impression d'avoir sa place quelque part. Elle avait toujours l'air heureuse.

– T'embête pas, elle m'a répondu un jour où je lui ai dit que j'aimerais bien prendre quelques cours. T'es pas du genre.

Quel genre ?

J'ai voulu protester, mais elle avait rendu son verdict, et après tout, j'en sais rien, elle avait peut-être raison.

Le boulot au magasin donnait un peu de structure à ma semaine, et je crachais pas sur l'argent. J'avais prévu de faire une école d'art et de bouger de la maison dès l'instant où j'aurais terminé le lycée – pas parce que je détestais particulièrement mes parents, mais parce que je trouvais ça épuisant de vivre au milieu de tellement d'opinions et de sources de stress en compétition constante. Les examens, le sexe, l'apparence, la nourriture, les notes – il y avait toujours quelque part quelqu'un en crise. Parfois, dans une famille nombreuse, il faut s'approprier quelque chose pour réussir à exister. Un trouble alimentaire ou un trouble anxieux, un narcissisme, des chevaux. N'importe quoi, pourvu que ça fonctionne.

À mon retour du travail, Mal était au téléphone à commander un cochon à la broche. Il nous a dit qu'il avait toujours rêvé d'un cochon à la broche. Moi j'ai toujours rêvé d'un télescope numérique Celestron Nexstar pour voir tout au bout de l'espace, mais un cochon à la broche ? Il avait trouvé quelqu'un pour servir ça à son mariage et tout à coup je discernais une note de panique dans sa voix.

– Ne quittez pas, juste une minute, s'il vous plaît.

Il a recouvert le combiné de sa main et il m'a soufflé :

– On préfère un Saddleworth, un Tamworth, ou un Sandy and Black ?

Je l'ai dévisagé.

– Tu vas faire égorger un cochon exprès ? Ils sont presque aussi intelligents que nous !

Il a repris le téléphone.

– Vous pouvez me dire lequel est le plus délicieux ?

Il y a eu une longue explication ponctuée de « ahs » et de « hmm-mms », il a dit qu'il les rappellerait, et il a raccroché. Ç'aurait été moi, j'aurais demandé lequel avait l'air le moins humain possible, ou lequel avait vécu la vie la plus longue et la plus heureuse.

– J'ai changé d'avis, il a dit.

– Pas de cochon à la broche ?

– Pas de cochon à la broche. T'as raison. C'est horrible, quand on y pense. Peut-être que je devrais acheter celui qu'ils avaient prévu d'abattre et le garder comme cochon de compagnie. Ça ferait de moi un mec bien, tu crois ? Ou juste un hipster relou ?

J'ai haussé les épaules.

– Tu as bien fait, j'ai dit. Que ta conscience continue à te guider.

– On pourrait lui donner un nom et l'emmener se balader au parc avec Gomez, il a rêvassé. Il paraît qu'ils sont faciles à dresser. Peut-être que Hope serait d'accord.

– Je te rappelle que Kit voudrait un cochon de berger.

Il a soupiré.

– OK. Pas de cochon.

Hope avait choisi une date pour le mariage fin août, selon les disponibilités de l'église.

De l'église ?

– Je sais, je sais, avait dit Hope. On n'est pas particulièrement croyants, ni l'un ni l'autre, mais on se marie où, sinon ? Sur un bateau de pêche ? Près de l'étang de la ville ?

– Ou alors sur la plage, avait dit Malcolm, pieds nus, des fleurs dans tes cheveux ?

Hope l'avait ignoré.

– L'église de l'estuaire, c'est parfait.

Elle avait raison. L'église a commencé sa carrière en tant que tour de garde pour Vikings en vadrouille il y a mille ans, puis elle a été convertie en clocher après coup. Une tour de garde, ça me semblait convenir bien mieux à leur union.

– Et en plus, elle est belle, avait dit Maman.

Personne d'autre ne voulait se marier ce jour-là, alors ça pouvait se faire. Maman a planté des pois de senteur pour le bouquet et elle a dit qu'avec un peu de chance, il y aurait peut-être encore des roses.

C'était évident que Maman allait créer la robe de mariée de Hope. D'accord, on ne lui laisserait jamais faire nos vêtements à nous, mais c'est un génie en conception de costume, n'importe lequel, que ce soit un uniforme de garde de la marine avec dix kilomètres de galons dorés ou une robe blanche d'Ophélie. Elle et Hope étaient dans la pièce à côté en train de parler de tenues. Ou plutôt, Hope parlait, et Maman écoutait.

Une demi-heure plus tard environ, elle est montée à son atelier et, après avoir farfouillé un peu, elle est revenue avec un gros paquet de papier kraft défraîchi. À l'intérieur, il y avait un tas de lin français bleu-gris qu'elle gardait pour une grande occasion.

– Trop merveilleux, a dit Hope. Je vais ressembler à une tourterelle.

– À un pigeon, plutôt, a dit Alex.

C'était tellement beau comme couleur, comme le ciel avant le lever du soleil, et Hope a tenu le tissu juste sous son menton pour qu'on puisse voir à quoi elle ressemblerait avec. La robe que Maman a dessinée avait une jupe bombée avec plein de plis souples, et un col bateau. C'était tout simple et élégant. On en a soupiré de bonheur.

Hope a dit qu'au moins elle ne ressemblerait pas à une poupée en plastoc, ce qui, de toute façon, ne risquait pas d'arriver pour tout un tas de raisons. Elle a de grandes jambes, et ce que les gens appellent des courbes féminines, avec des hanches larges et une grosse poitrine, sans parler des grands yeux expressifs et de la masse drue de cheveux bruns. Elle a une allure gracieuse, ce qui est le plus important, dixit Maman.

– Tu verrais la soprane que j'ai dû costumer une fois, elle a dit. Un corps d'ange, une dégaine de chien à trois pattes.

Alex, Tamsin et moi on est restés pour regarder Maman prendre les mesures, draper le tissu et prendre des photos, et Tam a dit que c'était exactement comme dans *Un mariage presque parfait*, et pourquoi elle avait pas le droit d'avoir une robe comme ça, elle, et Maman a dit, parce que t'as quatorze ans, et Alex a ajouté, et parce que tu pues le cheval, ce qui n'était pas faux, mais Tam a fait décamper Alex à force de vociférer, et trois minutes plus tard on a entendu la voiture de Malcolm sortir de l'allée, et Maman et moi on s'est jeté un coup d'œil et on a pensé en même temps : direction l'écurie. Tam s'arrange toujours pour que les gens qui ne sont pas de la famille proche la déposent en voiture pour voir Duke. Malcolm dit que ça lui est égal, mais pas à moi

– personne ne me déposerait au boulot, moi, si j'étais de mauvaise humeur.

J'aimais bien traîner chez Hope juste pour écouter les conversations et observer les préparatifs du mariage. Hope voulait des tables à tréteaux dans le jardin, décorées de fleurs des champs et de bougies toutes simples dans des bocaux en verre. S'il pleuvait, il faudrait se rabattre à l'intérieur, elle a dit, ou alors juste rester dehors sous nos parapluies. On avait déjà fait ça, le dîner tout prêt sur la table, la pluie commence, et personne n'est motivé pour tout rapatrier.

– Il n'y a que les Anglais pour manger dehors sous des parapluies, disait Papa.

Mais nous on ne voyait pas le problème. Il ne nous venait pas à l'idée qu'il y avait des pays entiers où quand c'était l'été, c'était l'été.

Hope a acheté un carnet et a intitulé différentes pages *Liste des Invités*, *Menu*, *Boissons*, *Décorations* et *Détails Techniques* ; ça, c'était pour des trucs comme l'église. Elle a couvert les pages de listes fléchées, de sa petite écriture bien nette, résistant aux exhortations de Papa de créer un document Excel pour « organiser ça correctement, bon sang de bois ».

C'était relaxant, d'une certaine manière, un mariage, une preuve que l'ordre social de l'époque victorienne n'était pas complètement détruit, que c'était possible de trouver une âme sœur, de vivre heureux et d'avoir beaucoup d'enfants, comme dans les comédies romantiques, même si ça paraissait assez improbable.

Hope m'a demandé si je voulais une tasse de thé, mais non, alors j'ai fait le chemin jusqu'à la maison.

Dans la cuisine, Alex était sur son ordinateur, à faire un montage de film à base de chauves-souris zombies.

– Nous voilà à nouveau face à face, il a dit.

– Eh ouais, j'ai dit.

– KABOOM ! il a hurlé à l'une des chauves-souris zombies, et j'ai filé à l'étage.

11

Ça faisait seulement quelques jours que je travaillais dans le magasin quand Kit a fait sa première apparition, perché sur le vieux vélo de Mal, pour venir chercher un paquet de riz et quelques citrons pour Hope.

– Alors c'est ici ton bureau, il a dit.

Je n'étais pas à mon avantage, à plat ventre par terre avec mon pistolet à produits périmés, en pleine opération de discount des pâtisseries de la veille.

J'ai eu une sorte de nausée de surprise. Mes mains se sont mises à trembler, et ça a été un soulagement de le voir reporter son attention sur Lynn, qui l'observait discrètement tout en faisant semblant d'empiler des boîtes à œufs.

– Pourriez-vous m'indiquer où se trouve le riz ?

Il avait pris sa voix de gentil garçon, sans les sous-entendus suggestifs. J'ai fait un effort pour me remettre debout, vu que j'étais pas au top du look en petit tas par terre.

– Je vais vous montrer, a dit Lynn, alors que ce n'était pas sa politique habituelle.

Elle l'a conduit à un rayonnage sur lequel elle a pris un sachet en plastique de riz précuit, et le lui a tendu d'un air aimable, ce qui n'était pas non plus sa politique habituelle. Il a accepté l'objet avec affabilité, mais je l'ai bien vu scruter les étagères derrière dans l'espoir de repérer un paquet de riz basmati, Arborio, entier, bio, n'importe quoi d'autre.

Il a payé et puis il a réapparu près de moi.

– Mon respect pour tes perspectives de carrière s'en trouve renouvelé, il a murmuré tout près de mon oreille.

– Bien sûr, c'est ça, j'ai dit, et je tremblais un peu malgré moi.

– Non, sérieux, il a dit, ses lèvres touchant presque mon oreille. Il y a quelque chose d'étrangement excitant dans ce décor.

– Va te faire, j'ai dit.

Mais il était déjà à mi-chemin de l'entrée, un grand sourire aux lèvres.

Lynn et Denise jouaient les indifférentes, mais elles savaient que c'était le fils de Florence Godden, et puis c'était même pas obligé d'être fils de star quand on était aussi beau.

– Alors, il est comment ? elles ont demandé.

J'ai pas dit que c'était une putain de prise de tête qui envahissait mes rêves. J'ai juste haussé les épaules et répondu :

– Il est sympa.

Ça les a pas satisfaites du tout, presque aussi peu que moi.

Après sa première visite, j'ai passé chaque seconde de ma journée de travail à attendre la visite suivante, mais je savais qu'il ne reviendrait pas avant que je me lasse de l'attendre.

Le seul autre aspect intéressant de mon boulot, c'était de repérer quels gens du village passaient le seuil, s'ils étaient avec quelqu'un avec qui ils n'auraient pas dû être, ou s'ils achetaient un truc qu'ils ne devraient pas. Au bout d'un moment, j'arrivais à lire la vie entière des clients selon le contenu de leur panier, ou ce qu'ils laissaient au mini-bureau de poste. Il y avait des gens qui dépensaient tout leur budget de la semaine en boissons énergétiques et en bonbons.

Il y avait un mec qui achetait trois pizzas par jour. Une autre femme était censée être au régime sec, ou l'hôpital refuserait de lui poser un anneau gastrique. Elle s'achetait des choux, des oignons, des carottes et du pain Weight Watchers, mais elle envoyait ses gamins, juste avant que la boutique ferme, faire une razzia de Doritos et de chocolat.

Et le mini-bureau de poste, donc. Alice, du coin de la rue, renvoyait en moyenne neuf paquets par semaine à ASOS donc on savait qu'elle était addict au shopping en ligne, alors que tout le monde était au courant qu'elle pouvait à peine se payer une bouteille de lait.

À mon retour à la maison, j'ai trouvé Maman à la cuisine occupée à piquer de la viande sur des brochettes à kebab. Le dîner, c'était le grand événement de la journée. Tout le monde se dispersait entre le lever et le coucher du soleil, sur la plage et ailleurs, mais on convergeait tous au moment du dîner. Il fallait faire gaffe quand même ; si tu errais trop près de la cuisine, tu te faisais choper et tu devais aider.

Tamsin est arrivée quelques minutes après moi. Notre mère :

– T'as passé une bonne journée, trésor ?

Comme si c'était la peine de demander.

– Trop géniale, a dit Tam. J'ai fait le chemin de cross-country avec Duke.

– T'as vu des trucs chouettes ?

– Deux lièvres. Des petits. Au même endroit que la dernière fois. Il y en a un dont la tête est presque noire alors je suis sûre que c'est le même.

– J'espère que tu as fait bien attention.

– 'videmment.

Oh-oh.

Alex est arrivé et s'est mis à jongler avec des oignons, pendant environ trois secondes, avant qu'ils ne dégringolent par terre et se mettent à rouler dans tous les sens.

– Alex !

– J'ai vu tout un tas de chevaux que j'ai pas reconnus, a dit Tam. Y a une colo d'équitation. Ils ont planté leurs tentes dans le champ derrière.

Maman a hoché la tête d'un air absent.

– Tu me passes le grand plat, s'il te plaît ?

– T'es au courant qu'ils ont mis des pièges à oiseaux derrière la ferme à cochons ?

– Ah oui ? Comment tu le sais ?

– Je vais me balader par là-bas parfois.

Maman l'a regardée.

– Il y a un chemin qui traverse la ferme ?

– C'est pas exactement un chemin. Je m'y suis retrouvée un peu par accident.

Les chevaux détestent les cochons. Même moi je sais ça.

– T'as intérêt à faire gaffe. Le fermier n'aime pas ça, quand on entre sans autorisation. Surtout à cheval.

Elle a ramassé un des oignons d'Alex.

– Ils ont mis quel genre de pièges pour les oiseaux ?

– Des Larsen. L'espèce de cage avec du grillage autour. J'ai vu deux ou trois pies se débattre à l'intérieur. C'était horrible.

– Tu vas t'attirer de sérieux problèmes si le garde-chasse te trouve à traîner là-bas.

Tamsin a dressé le menton.

– Je traînais pas.

– OK. On dîne dans une demi-heure ?

Mais Tamsin n'en avait pas terminé.

– Apparemment les pies boulottent les yeux des porcelets. C'est pour ça qu'ils les attrapent.

Je l'ai dévisagée.

– T'es sûre ? Picorer un globe oculaire, ça m'a pas l'air l'option la plus simple quand t'as faim.

Elle a haussé les épaules.

– Et aussi elles se perchent sur le dos des moutons et elles mangent les asticots qui se mettent dans leurs blessures. Et ensuite, quand il n'y a plus d'asticots, elles continuent à becqueter. C'est Dolly qui me l'a dit, et tout le monde est fermier dans sa famille.

– Cool, a dit Alex. Les yeux, ça doit être tout caoutchouteux et tout délicieux. Miam miam.

– T'es dégoûtant, a dit Tamsin, et elle est montée se changer.

Tamsin n'aide jamais ; à part seller et desseller des chevaux, elle n'en fout pas une rame.

Malcolm et Hope sont arrivés vers dix-neuf heures, l'air de sortir de la douche, apportant un énorme panier de salade de leur jardin. Derrière eux, Gomez trottinait pour les rattraper, la langue pendante, comme d'habitude. Quand il est arrivé à leur hauteur, il s'est marché sur l'oreille et a fait une culbute assez spectaculaire. Il s'est redressé dans un jappement et a continué à gambader avec dignité, comme si rien de gênant ne s'était produit.

Kit s'est ramené dix minutes plus tard, et les seules personnes qui manquaient à l'appel au moment où la nourriture était prête étaient Tam et Hugo. Cinq minutes avant que Maman ne commence à servir, Tam est descendue en vraie robe d'été et Alex a fait semblant de s'évanouir. Hugo est arrivé après que tout le monde a été servi. Champion de l'été du tirage sur la corde. Bravo, Hugo.

– Salut, Hugo, j'ai dit.

Lui dire bonjour, c'était limite devenu une discipline sportive. Il m'a envoyé un regard furieux.

Tout le monde de mon côté du banc s'est poussé pour faire de la place, et Kit et moi on s'est retrouvés pressés l'un contre l'autre.

– Tu sens divinement bon, il a murmuré.

– Merci, j'ai murmuré en retour. Toi tu sens le calamar.

Kit a rigolé. Mattie m'a décoché un regard plein de poignards. Près d'elle, Hugo était mal à l'aise, comme diminué. Hope affirmait qu'il était plus beau qu'on le disait, enfin pas encore, peut-être dans quelques années. Je voyais bien qu'il avait les pommettes Godden, un menton bien défini, de grands yeux gris. Son air mal à l'aise n'était pas exactement attirant, mais c'était vrai, il y avait quelque chose. Il a surpris mon regard et s'est détourné.

Papa est allé chercher un autre verre à vin et a rempli ceux de Hope, de Malcolm et de Kit.

– Je suis bien content qu'on ait tous retrouvé le chemin de la maison, a dit Malcolm en regardant les jeunes. Vous avez passé une bonne journée, tous ? Pas de noyade, de fractures, de blessures létales ou semi-létales ?

Il a tendu son verre pour trinquer à la survie générale.

– Et toi, Mal ? T'as passé une bonne journée ? Mais oui, figurez-vous, merci de demander. Une excellente journée, même.

– Tu peux passer la salade ? a fait Alex à Papa.

– S'il te plaît.

– *S'il te plaît.*

– Merci, tout le monde sauf Alex, pour votre bienveillante attention. J'ai quelque chose d'autre à fêter en plus de mes noces prochaines avec mon aimée. Mon agente m'a appelé pour m'annoncer qu'on me propose le rôle d'Hamlet au Rose Theatre.

Il a fait un grand salut solennel et une courbette, et tout le monde s'est répandu en applaudissements et en cris de joie.

– Non content de devenir un homme marié, je ne répondrai donc plus qu'au nom de Sa Royale Majesté le Prince du Danemark. Je me demande bien ce que la vie peut encore apporter après ça.

– C'est cool que t'aies un truc de prévu pour après le mariage, histoire de pas déprimer, a dit Alex, et Maman l'a fusillé du regard.

– Waouh, a dit Kit. J'adorerais jouer Hamlet au théâtre du Globe un jour. Ça serait trop génial.

Il a regardé Mal.

– Enfin, le Rose, c'est bien aussi.

– Merci infiniment.

Tamsin avait l'air horrifiée.

– Attends. Ça veut dire que tu vas devoir apprendre toutes les répliques par cœur ?

– Non, a dit Alex en mettant son visage à deux centimètres de celui de Tam. Il va se les écrire sur le bras.

Mal a repoussé Alex.

– Quatre mille vers en tout. Il y en a au moins une dans votre clan de rase-moquettes qui comprend que ça veut pas seulement dire se dandiner sur scène en collants.

Kit a levé son verre.

– À *Hamlet* ! il a dit, et on a tous fait *tchin*. Malgré tout le travail que ça implique, et l'âge avancé de Mal.

– Trente-et-un an, mon pote. Pile poil l'âge idéal, en vrai. Vérifie toi-même.

Kit a dressé un sourcil. Hugo avait l'air de s'ennuyer.

– J'ai joué *Hamlet* au lycée, a dit Kit. C'était atroce. Les tourments de l'adolescence pour un asile d'ectoplasmes en phase terminale.

– Un asile de quoi ? a répété Hope. En phase terminale de quoi ?

– D'ectoplasmes, a dit Kit. Mon lycée, il était rempli d'ectoplasmes. Des meufs tout en soieries qui flottent comme des ectoplasmes d'un cours à l'autre, la tête pleine de poèmes et de monologues de théâtre. Des mecs qui se traînent ectoplasmiquement derrière elles. Des profs ectoplasmes à leur suite pour s'assurer que personne ne se transforme accidentellement en ectoplasme junkie ou en ectoplasme enceinte.

Alex s'est marré. Maman lui a retiré la bouteille de vin. Kit s'est levé.

– Comme ça, il a dit.

Et il s'est avancé dans l'allée, d'un pas flottant, la tête en arrière, l'expression morose. Pirouette parfaite en bout de podium, et puis il est revenu vers nous, faisant délicatement osciller ses bras.

– Superbe ectoplasme, a dit Malcolm. Et dieu sait si j'en ai déjà vu un bon paquet dans ma vie.

Hope lui a dardé un regard.

– Je suis pas un ectoplasme, moi.

– Absolument pas.

Maman s'est retournée vers Kit.

– Mais tu vas faire une école de théâtre ?

Kit a haussé les épaules.

– Qu'est-ce que je pourrais faire d'autre ? Trader ? Capitaine de porte-avions ? Personne dans ma famille n'a jamais rien fait d'utile.

Tamsin bloquait sur le nombre de mots dans Shakespeare.

– T'as vraiment appris toute la pièce par cœur ?

– *Hamlet* ? C'était une version abrégée. Mais même abrégé, c'est beaucoup trop long.

– T'iras loin, a ricané Mal. Peut-être que tu pourras jouer la version en mime.

Le soleil s'était enfin enfoui sous l'horizon et, à part quelques zébrures rose et orange à l'ouest, il faisait presque nuit. Les pâquerettes et les silènes accrochaient les derniers éclats de lumière, scintillant dans l'herbe haute comme de petits flambeaux.

Papa a disparu dans la maison et il est revenu avec deux lanternes. Il a dû s'y reprendre à quatre fois pour allumer les bougies, mais ensuite leurs flammèches jaunes se sont mises à étinceler dans les cages de verre, et ça nous a tous rapprochés.

De l'autre côté de Kit, Mattie était dans une dimension parallèle, appuyée contre lui, les yeux rêveurs.

Malcolm a pris le vin des mains de Maman, s'est battu quelques instants avec le bouchon, et puis il en a proposé à la ronde, en évitant Alex.

La nuit s'est installée et quelques pâles étoiles sont sorties.

– Regardez la lune, a dit Maman, et on s'est tous retournés pour la voir doucement se libérer de l'horizon comme un ballon.

– Gibbeuse décroissante, a murmuré Hugo.

Je lui ai décoché un regard. Il se trouve qu'il avait raison.

On est restés là longtemps, blottis les uns contre les autres, à parler du genre de choses dont on ne se rappelle jamais plus tard. Hope était serrée contre Malcolm, Alex allongé par terre à sourire, Tam s'endormait à moitié, la tête sur l'épaule de Maman, et Gomez laissait échapper, de temps à autre, un petit jappement endormi plein de morve. Les têtes dorées de Kit et Mattie étaient pressées l'une contre l'autre, et ils se murmuraient des choses qu'on n'entendait pas. Maman et Hope bavardaient du repas de mariage, et Papa et Malcolm parlaient de leur virée annuelle en voile autour de la pointe et dans l'estuaire. Ça prenait toute une journée, mais sans ça, ça servirait à quoi, l'été ?

Enfin Hope s'est levée.

– Je rentre à la maison. Essayez de ne pas faire de vacarme en revenant. Qui va se baigner demain matin ?

– Moi, a dit Papa.

– Je te rejoindrai, a dit Maman.

– Alors bonne nuit.

Hope a disparu dans l'obscurité, suivie par les petits cliquetis du basset à ses pieds.

Alex s'est péniblement remis sur ses pieds.

– Qui veut jouer aux cartes ?

Il a sorti un jeu et il a commencé à distribuer à la lueur des bougies.

– Moi, a dit Tam. Kit ?

Kit s'est retassé sur sa chaise, qui a basculé vers l'arrière, et puis il a donné un coup sur la table juste devant lui.

Mattie a soupiré :

– OK.

– Hugo ?

Mais Hugo s'était levé. Sans un mot, il a longé la terrasse, accrochant le coin de la chaise de Kit sur son passage. La chaise a basculé en arrière, et Kit a été catapulté, assez spectaculairement, par-dessus le rebord de la terrasse, pendant qu'Hugo s'enfonçait dans la nuit. Mattie a poussé un cri et s'est empressée d'aller aider Kit, mais il s'est relevé tout rieur, extirpant des brins d'herbe de ses cheveux.

– Mon frère est un connard, il a murmuré à Mattie, assez fort pour qu'on entende tous.

Quand j'ai quitté la table une heure plus tard, le jeu battait son plein. Kit gagnait presque à tous les coups, et Alex, Mattie et Tam étaient morts de rire. J'ai grimpé mon échelle jusqu'à la tour. Le ciel s'était ennuagé et il n'y avait pas grand-chose à voir, alors j'ai fait pivoter mon télescope vers la table où scintillaient les bougies, et puis à quarante-cinq degrés vers la mer, et là j'ai vu deux yeux braqués sur moi, pile-poil dans l'axe de la lentille.

J'ai eu un sursaut. Hugo. C'était totalement improbable qu'il me repère, là-haut, dans la grande tour, mais ça m'a fait tellement flipper que son regard surgisse directement dans mon champ de vision que j'ai lâché le télescope et j'ai dégringolé de l'échelle. J'ai regardé par la fenêtre. Aucun signe de lui.

Le jeu s'est enfin terminé, et tout le monde s'est souhaité bonne nuit, sauf Maman et Mal, qui sont restés à bavarder dans la pénombre. J'étais pas tranquille. J'ai filé par la porte de derrière, sous une cape de nuit, j'ai marché jusqu'au bord de l'eau et fait mon lit sur le sable. Au-dessus de moi, le ciel. J'ai pensé à Swift-Turtle et son orbite de 130 ans autour du soleil. Pendant des siècles, les astronomes ont prévu une collision avec la Terre, mille millions de fois plus puissante qu'une bombe atomique – assez puissante pour détruire toute l'espèce humaine. Ça n'est jamais arrivé. À la place, la Terre passe sans accroc chaque année à travers les débris de la queue de la comète, et ça fait des milliers d'étoiles filantes. Les Chinois l'avaient déjà remarquée il y a deux mille ans.

Comment c'est possible, j'ai pensé, qu'on puisse régler nos agendas grâce à la trajectoire d'une comète et le chemin de la Terre grâce à sa queue ? Comme les rouages d'une horloge à mouvement perpétuel, tic-tac en boucle pour toujours. Ça m'a fait me sentir mieux par rapport à la vie sur Terre, cet ordre rassurant des choses : été, automne, hiver, printemps ; naissance, existence, mort.

La nuit était tiède et j'ai roulé sur le côté pour regarder la mer enfler régulièrement et écouter le tintement des bouées, quand tout à coup Kit et Mattie sont apparus à une quinzaine de mètres à ma droite. Totalement immobile, j'ai tenu la chandelle dans la pénombre, en leur en voulant de venir tout déranger.

Pendant un moment, ils sont restés assis au bord de l'eau, à parler et à jeter des pierres dans la mer, et puis Mattie s'est levée d'un bond, a retiré sa robe par-dessus sa tête, son corps pâle visible même dans le noir. Elle s'est dressée glorieuse, légèrement chatoyante, les bras écartés, et puis elle s'est jetée à la mer en appelant Kit, qui, ai-je trouvé, a hésité une ou deux secondes de trop pour qu'on qualifie ça de proposition joyeusement acceptée. Finalement, il s'est levé, a lentement déboutonné sa chemise, puis son jean, les a fait glisser et il est allé doucement s'enfoncer dans l'eau. J'ai retenu ma respiration. Mattie lui tournait le dos, l'eau clapotant autour de ses épaules, et enfin il a fait ce qu'on attendait de lui, il a plongé et a émergé près d'elle, et tout ce que je distinguais c'était les deux ensemble, tête contre tête, qui s'embrassaient, qui s'enlaçaient.

J'ai regardé quelques instants, avec une jalousie incommensurable, parce qu'il y a quoi de plus romantique que de s'embrasser dans la mer par une chaude soirée d'été ?

Plus je restais là, plus je redoutais que la lune éclate soudain des nuages et révèle que je les espionnais, même si je n'avais rien prémédité du tout, alors pendant qu'ils procédaient à leur entreprise, j'ai refait le chemin jusqu'à la maison.

Maman et Mal étaient toujours dehors à bavarder doucement, dans le pétillement des bougies.

– Coucou, trésor, t'étais où ? On pensait que Kit et Mattie étaient avec toi.

– Au bord de l'eau, j'ai dit – et puis : Nan.

– Ils sont peut-être avec Hugo ? Maman a froncé les sourcils. Ils sont tous allés à l'autre maison ?

Genre.

– Pas grave, a dit Malcolm. Ils sont jeunes, faut les laisser tranquilles. On a été jeunes aussi, non ?

– Aucun souvenir, a dit Maman en bâillant. Je crois que je vais aller me coucher.

Elle a regardé sa montre.

– Si tu vois Mattie, dis-lui de rentrer à la maison.

Mal a versé le reste de la bouteille dans son verre et m'a fait bonne nuit de la main. J'ai traîné un peu, alors il m'a jeté un coup d'œil, l'air perplexe.

– Circulez, y a rien à voir, j'ai dit.

Il a plissé les yeux.

– Ça va ?

J'ai hésité.

– Ça va, j'ai dit enfin.

Et puis j'ai monté les escaliers jusqu'à mon lit.

Je ne sais pas à quelle heure Mattie est rentrée à la maison. Maman a dit qu'elle s'était réveillée à quatre heures du matin, était allée vérifier dans la petite maison du jardin, et avait trouvé Mattie dans son lit, profondément endormie, en chemise de nuit à fleurs, bien rangée comme un œuf dans sa boîte.

Quand elle a émergé vers midi, Mattie avait l'air absolument radieuse. Dans les histoires d'amour normales, c'est la fin de la partie stressante du récit – tout le morceau où on se dit, alors, ils vont le faire ou pas ? Mais dans cette histoire-ci, c'était juste le début.

Un peu plus tard ce jour-là, j'ai récupéré Gomez chez Hope pour aller le balader sur les digues. Il n'y avait personne à première vue, et Hope a dit :

– Mal apprend son texte. Le pauvre, ça le fout tellement de mauvais poil.

Personnellement, jamais, au grand jamais, on n'aurait pu me forcer à apprendre toute une pièce de Shakespeare en un mois, et je n'avais aucune idée de comment certaines personnes y arrivaient.

Par la fenêtre, j'ai aperçu Mal au fond du jardin, qui faisait les cent pas en déclamant des vers et en se répandant en gesticulations superflues. Je me souviens qu'il nous avait dit, une fois, que quand il apprenait des répliques il avait toujours un moment où il comprenait exactement qui était le personnage, et ce qu'il essayait d'exprimer.

Mais bon, il devait quand même pas être le premier à comprendre Hamlet.

12

Mal ne promenait plus Gomez chaque matin, à présent, alors c'est moi qui m'y collais. Gomez m'accueillait avec indolence, dressant la tête de son panier de quelques centimètres, et puis la laissant à nouveau retomber quand il s'apercevait que je n'apportais aucune friandise. Le temps de dire un mot à Hope, de mordiller dans un bout de pain de grillé, il s'était rendormi. Ce n'était pas cool de le réveiller, mais je le faisais quand même, je murmurais son nom et je lui caressais l'oreille jusqu'à ce qu'il ouvre un œil, puis l'autre, qu'il se dresse sur ses pattes avant, et se hisse sur le reste. Être un basset, c'est bruyant comme existence, c'est ardu, c'est plein de plis ; et comme spectacle, c'est irrésistible.

Hope contemplait ça les mains sur les hanches.

– Je crois que quand Mal se sera barré avec une starlette, je me prendrai un joli petit lévrier nain tout effilé.

Et elle s'est agenouillée pour lui déranger les oreilles.

– T'es trop nounouille comme chien, Gomez.

– Il est pas nounouille, il est majestueux.

– Il y a des limites à la majesté quand on a des pattes aussi courtes.

– Viens là, Gomez, j'ai dit. On ne nous apprécie pas à notre juste valeur dans cette maison.

Il s'est mis à trottiner derrière moi, tout cliquetant.

J'ai commencé à longer la plage, Gomez à ma suite, l'allure pataude et régulière. Maman, Mattie et une Tam pas motivée étaient parties acheter des robes de demoiselles d'honneur, et elles avaient prévu de déjeuner en ville. Papa était à Londres, Hugo et Kit Dieu sait où. Pas ensemble, ça, c'était déjà clair.

Gomez et moi, on a pris le chemin des terres et on a longé la rive. Le soleil commençait à brûler et j'avais la tête légère, un peu endormie, alors j'ai rappelé Gomez qui reniflait un vieux terrier. J'ai glissé vers la plage, écrabouillé un carré d'herbe, et j'en ai fait un matelas pour m'allonger.

L'herbe était haute, alors personne ne pouvait nous voir sauf en quittant la berge exactement au même endroit ; le soleil brûlant réchauffait le sol et le vent frais de la mer me frôlait tout juste le haut du crâne. Gomez a fait trois tours sur lui-même, s'est installé, a roulé sur le côté et a immédiatement fermé les yeux. Il y avait quelque chose de rassurant dans son corps de gros chien et sa chaude lourdeur contre mon flanc droit. J'ai regardé la mer un moment, les yeux mi-clos, et puis je les ai fermés, écoutant, dans un bonheur ensommeillé, les huîtriers, les sternes et le chuchotis des vagues qui se retiraient.

– Hello.

La voix venait directement d'au-dessus de ma tête et j'ai relevé le haut de mon corps, fronçant les sourcils dans le soleil pour voir qui c'était. Mais il s'était déjà avachi à côté de moi.

– J'ai entendu Gomez ronfler, a dit Kit. Je me suis dit que j'hallucinais, et puis j'ai senti une perturbation dans l'herbe. Parfait, comme endroit. Ça t'embête si je te rejoins ?

– T'es déjà là.

– Pas faux, il a dit en rigolant, et il s'est étendu, les mains derrière la tête, les chevilles croisées, ses pieds touchant les miens, exprès ou non.

– T'aimes bien te cacher, on dirait ? Toujours un tout petit peu à l'abri des regards.

Je lui ai jeté un coup d'œil, mais il avait les yeux rivés sur le ciel. Gomez avait refermé les siens et fouettait paresseusement le sol de sa queue.

Kit a soufflé.

– C'est idéal ici. Calme.

– Moins qu'avant.

Il a ouvert un œil et un sourire.

– Je peux partir, si tu veux.

Je ne voulais pas. Il était flemmard et sûr de lui et il me donnait l'impression de s'être décarcassé pour me trouver. Je ne suis pas entièrement imperméable à la flatterie. Pas du tout imperméable, même.

– Alors, j'ai dit après une minute ou deux. Toi et Mattie.

Il s'est marré.

– Elle t'a raconté quoi ?

– Tu crois qu'elle a besoin de raconter quoi que ce soit ?

– OK, il a dit, pensif une minute. C'est si évident que ça.

– Mes parents ont pas encore capté, mais ça veut pas dire que c'est pas évident.

Ça l'a fait sourire.

– Tu l'aimes bien, en vrai, Mattie ?

– Oui, évidemment, il a dit en fronçant les sourcils. Comment je pourrais ne pas bien l'aimer ?

La liste de raisons aurait été longue. Il s'est tourné et il m'a accordé un vrai long regard, cette fois.

– Tu la sous-estimes, il m'a dit. Elle est intelligente, ambitieuse, belle…

Il m'a donné un petit coup de pied.

– Mais c'est ta sœur, alors bon.

J'essaie juste de comprendre ton plan, Kit Godden. Elle est vraiment de ton calibre ?

– Tu me crois pas, il a dit. Tu me prends pour un playboy.

– Je sais pas ce que tu es… j'ai dit.

Ce qui était vrai.

– … Et je m'en fous.

Ce qui ne l'était pas.

Il a fermé les yeux, et le soleil s'est installé sur l'arche fine de ses sourcils. Le regarder, c'était comme regarder un prisme : selon l'angle, tout était différent. La seule certitude, c'était qu'il était impossible de ne pas le regarder. En partie à cause du syndrome Mattie : il avait besoin qu'on le regarde, alors il faisait tout ce qu'il pouvait pour attirer le regard. Ça me rappelait ces plantes carnivores qui dégagent un arôme délicieux ou qui exhibent leurs couleurs vives juste pour le style. Il était beau. Il sentait bon. J'avais horriblement envie de lécher la peau de son bras.

Ni lui ni moi n'avons dit quoi que ce soit pendant longtemps et je croyais que le sujet était clos. Mais alors que je commençais à peine à rêvasser à autre chose, il a dit, très doucement et sans ouvrir les yeux :

– Ça veut pas dire que je trouve pas que t'es une merveille.

Mes yeux se sont ouverts brutalement.

– C'est la vérité.

Extase et fureur.

– T'es tellement ça. Tellement un playboy.

– Comme tu veux, a bâillé Kit, en étirant ses mains au-dessus de sa tête, un sourire aux lèvres. Ça veut quand même pas dire que t'es pas une merveille.

J'ai tendance à faire confiance à mes instincts, même s'ils n'ont pas toujours raison. Je m'examine les doigts pour voir si ça tremblote, la nuque pour voir si ça picote, je sens quand je suis en alerte, quand il y a quelque chose en moi qui crie danger. Ou quand on me flatte, qu'on me met sur un piédestal, qu'on me caresse dans le sens du bien-être.

À ce moment-là, j'ai eu l'impression qu'on me flattait, qu'on me mettait sur un piédestal, qu'on me caressait partout. Et dans le fond, quelque part, un voyant rouge s'est allumé.

13

– Quelqu'un a vu Hugo ?

Mal se sentait coupable, et d'ailleurs on se sentait tous coupables, du peu d'attention qu'on accordait au cadet des Godden. Après, bon, c'était pas non plus comme si on n'avait pas essayé.

Tu veux jouer aux échecs, Hugo ? Tu viens te baigner ? Tu nous accompagnes au magasin ? Une balade, ça te dit ? Tu nous aides à préparer le dîner ? Tu veux un bouquin ? C'est un super bouquin, il pourrait te plaire.

La réponse n'était jamais oui, et il y a des limites au nombre de refus qu'on peut se voir opposer.

Non merci, il disait, ou alors juste *Nan*, ou rien du tout, et parfois il secouait la tête en guise de ponctuation, comme s'il était allergique au contrat social, allergique au fun, allergique à nous.

Mattie jacassait qu'il était misanthrope, qu'il n'aimait pas être en groupe, que c'était un snob et un marginal, et que c'était relou de devoir se le coltiner avec Kit. Mais on savait d'où elle tenait sa propagande. Maman et Hope disaient qu'il était juste timide. Papa faisait son petit mec, en mode je ne remarque rien de ce qui se passe juste sous mon nez.

– Hugo ? il disait. Il a l'air tout à fait sympa.

Bien sûr.

La relation entre les deux frères me perturbait. Nous quatre, on se battait comme des chiens, mais seulement pour des raisons banales – des affaires, de la nourriture, de l'attention. Hugo et Kit semblaient véritablement ne pas s'aimer, même si Kit prenait ça à la rigolade. Hugo, lui, ne rigolait pas. Dès que Kit entrait quelque part, Hugo se levait et sortait.

Je regardais Hugo parfois quand il était dans les parages, mais il n'y avait pas grand-chose à voir. Parfois il descendait jusqu'à la mer. Parfois il rentrait dans une maison. Parfois il s'asseyait au bord de la terrasse avec un livre. Parfois il s'allongeait juste sur le sable et il ne faisait rien du tout. La plupart du temps on ne le voyait pas. Cape d'invisibilité. De l'autre côté de la plage. Il y avait plein de manières de se perdre dans le coin. Hugo ne m'intéressait pas assez pour que je passe des heures à me demander ce qu'il fabriquait, où il était, ce qu'il faisait de ses journées.

J'essayais de dessiner Gomez endormi dans l'herbe. Je l'avais choisi parce que c'était le seul sujet vivant à ma portée qui arrivait à rester immobile plus d'une demi-seconde. Je bossais depuis des heures, avec une telle concentration que je n'avais pas remarqué que j'avais de la compagnie à quelques mètres de moi.

Il s'est éclairci la gorge et j'ai dressé la tête.

– Eh ben ? a dit Hugo.

– Eh ben quoi ?

Il était tellement chelou, putain.

– T'as une drôle de manière de t'occuper de ta sœur.

– Tu parles de quoi ?

– Du fait que ça commence à devenir chaud entre toi et mon frère.

– Ça devient rien du tout.

Il m'a jeté un regard et ricané. J'avais aucune envie d'aborder ce sujet-là.

– On est potes.

– Potes ?

Il a laissé échapper un petit rire sans joie.

– C'est jamais de l'amitié avec Kit. Juste du sexe.

– Pas avec moi, non.

Hugo a haussé légèrement les épaules.

– Tu me connais même pas.

– Nan, il a secoué la tête. Pas la peine.

Jalousie entre frères ? Hugo, jaloux de… tout, par rapport à Kit ? Difficile de lui en vouloir. Moi aussi, ça serait pareil.

– Qu'est-ce que tu fous là, d'abord ?

– Je te dessine en train de dessiner Gomez, il a dit.

Et j'ai remarqué qu'il tenait un minuscule carnet et un stylo. Et je me suis dit : *Quel abruti dessine au stylo ?*

– Montre.

J'ai tendu la main, impoliment, abruptement, et j'ai eu un moment de surprise quand j'ai vu qu'il se levait sans hésiter pour me tendre le carnet ouvert à la bonne page. L'esquisse était brouillonne et excentrique, mais aussi marrante et juste.

– Je savais pas que tu dessinais.

Plus je regardais le petit croquis, plus j'y voyais des choses. Ça me mettait en colère, pour une raison obscure.

– Je suis incapable de dessiner comme ça.

Il a haussé les épaules à nouveau.

– Tu dessines comme tu dessines.

J'ai feuilleté le reste du carnet. Il y avait des portraits de nous tous – des portraits immédiatement reconnaissables, qui faisaient rire et grincer des dents à la fois. Et de tout petits paysages avec des éléments inattendus : une tortue volante, un fossile obscène.

– Eh ben.

J'avais l'impression d'avoir fait fausse route, au sujet de son talent, et ça m'énervait qu'il n'ait pas pris la peine de le révéler plus tôt. Moi j'étais là à crâner, à bien montrer que je dessinais, à parler école d'art, et lui il se baladait avec un carnet rempli de trucs comme ça. Au stylo.

– Tellement typique de toi, j'ai dit.

Il a eu l'air sincèrement étonné.

– De quoi ?

– Tu nous as pas dit que tu savais dessiner.

Il m'a jeté un regard fixe.

– Tu m'as jamais demandé.

– Tu vois très bien ce que je veux dire.

– Non, il a répondu. Je vois pas.

Il a examiné ses mains un instant et j'ai vu avec surprise qu'elles tremblaient. Je n'arrivais pas à déchiffrer son expression, ce qui n'était pas surprenant parce que je n'arrivais jamais à déchiffrer son expression.

– J'ai fait quelque chose qui t'a pas plu ? il m'a enfin demandé. T'as un comportement normal avec tout le monde sauf avec moi.

– Quelque chose qui m'a pas plu ? Ben, il se trouve que oui. Tout le temps. Tu détestes être ici. Tu parles à personne. T'es là à rôder…

– À *rôder* !

– Oui, à rôder. Comme si tu préférais encore être dans le couloir de la mort plutôt qu'ici. Même Hope et Mal, tu les aimes pas. Tout ce qu'on essaie de faire, c'est de passer un bon été. T'es comme le serpent dans le jardin d'Eden.

Il est resté bouche bée, outré.

– *Moi*, je suis le serpent ? C'est la meilleure. Je parie que vous préféreriez tous que je sois plus comme mon frère.

– Je vais pas me prononcer.

– Quelle politesse.

Sa voix était glaciale. Il s'est levé, m'a arraché son carnet des mains et il est reparti en furie. J'étais au bord de trépigner. J'avais jamais rencontré quelqu'un d'aussi exaspérant.

Je lui ai couru après.

– Pourquoi tu détestes autant être là, au fait ? Même avant que ton frère commence à sortir avec Mattie, tu détestais.

Il a paru choqué.

– J'ai rien contre Mattie. Elle est sympa.

Un instant, j'ai cru qu'il allait fondre en larmes. On était tous les deux tremblants d'émotion. On savait pas quoi dire ni l'un ni l'autre.

– Écoute, j'ai dit, on oublie ce qui vient de se passer.

Il a remué la tête.

– Viens dessiner avec moi un jour.

– C'est ce que j'étais en train de faire aujourd'hui.

Eh merde.

– Une autre fois alors.

– Je sais pas.

Il fixait le sol. On est restés là en silence, Hugo tout rouge, clignant des yeux pour ravaler ses larmes.

– On va se promener ?

Il a hésité.

– Allez, viens, j'ai dit.

Mais comme il ne venait pas, je lui ai attrapé le bras. Il a eu un geste de recul, violent.

– M'agrippe pas !

– Pardon, Hugo. Je savais pas que tu détestais qu'on te touche.

– Je déteste pas qu'on me touche.

Il criait presque.

– Je déteste qu'on m'agrippe.

OK. D'accord. Un vrai champ de mines, ce Hugo.

On a marché en silence jusqu'aux marais salants. C'était tellement silencieux qu'on entendait crisser les ailes des oiseaux marins au-dessus de nos têtes. Un kilomètre. Puis deux. La tension s'est dissipée, et tout ce qui restait c'était le clapotis doux de la mer, les oiseaux qui piaillaient et, de temps à autre, la faible rumeur, lointaine, de voix humaines.

– On se pose ici ?

C'était bien comme endroit, entre roseaux et nuages. Une sterne au vol tressaillant passait au-dessus de nous. Hugo et moi on s'est assis, à quelque distance l'un de l'autre. Une grosse averse roulait sur son axe, au large, s'éloignant de nous.

On a dessiné un bout de temps.

– Psst ! j'ai entendu.

Hugo m'a tendu une petite esquisse, à peine plus de quelques lignes et, quand j'ai plissé les yeux, j'ai vu que son dessin, c'était moi au milieu des roseaux. Une longue flèche s'élevait de l'encre de mon cœur jusqu'à un tout petit oiseau aux ailes floues.

Mon regard a sautillé du dessin à son visage, mais il était en contre-jour et je ne distinguais pas ses yeux. Juste une seconde, rapide comme l'éclair, j'ai ressenti un petit tiraillement de désir. Je l'ai regardé, comme il se tenait en retrait, en attente.

Se sentant observé, il s'est dispersé, comme une fumée.

Je n'ai pas bien dormi cette nuit-là. Je n'arrêtais pas de penser à ces dessins. Subtils, drôles, observateurs.

Et la personne qui les avait réalisés ?

14

Mattie surfait sur une vague de bonheur. Après son premier bain de minuit avec Kit, les deux sont restés inséparables pendant une bonne semaine. Ils allaient partout ensemble, s'asseyaient serrés l'un contre l'autre aux repas, se tenaient la main en lisant ou en mangeant et, plus généralement, foutaient la gerbe à tout le monde.

J'ai passé beaucoup de temps cet été-là à observer Mattie et Kit. Il faut bien comprendre qu'il n'y avait pas grand-chose à faire, à la mer ; l'été, c'est pas vraiment surchargé en stimulations. Comme je connais Mattie depuis qu'elle est née, je savais exactement ce à quoi elle pensait : *Kit Godden veut que je sois sa copine. Quand on aura la trentaine, que je serai microbiologiste et que j'aurai découvert comment guérir les cancers chez les enfants, lui il jouera du Pinter dans un théâtre du West End, et on sera le couple le plus intéressant de tout notre entourage.*

Je trouvais ça un peu gênant pour elle, alors que je ne ressentais pas souvent ça pour Mattie. C'était difficile de me l'expliquer à moi-même. Peut-être que je savais qu'elle et Kit ne jouaient pas au même jeu.

Et puis bon, c'était peut-être aussi de la jalousie.

Mattie et Tamsin se baladaient sur la plage en robe de demoiselles d'honneur, même si Maman leur avait dit qu'elles cherchaient vraiment les problèmes à les porter avant le grand jour. Elles faisaient plus maniérées que Hope, avec leurs robes identiques, blanches, façon danseuses étoile, sans bretelles et avec des tutus rigides. Pas le genre que Maman trouvait élégant. Celle de Tam avait dû être reprise pour que le haut ne s'effondre pas ; il n'y avait pas grand-chose qui le maintienne en place. Je trouvais ça cool que Maman ait acheté les robes. Elle aurait pu faire elle-même, en un week-end, pour un dixième du prix, des robes bien mieux, mais Tamsin et Mattie étaient plus heureuses comme ça.

Au dîner un soir, Kit a murmuré quelque chose à l'oreille de Mattie, et elle l'a poussé doucement du coude en faisant semblant de protester, mais il avait déjà enfoncé ses doigts dans l'élastique de son short, et elle a poussé un petit cri alors que la main de Kit disparaissait jusqu'au poignet.

– Pas à table, bordel, a dit Mal d'un ton dégoûté.

Alex a failli s'étouffer.

– C'est ce que j'avais dit, il a déclaré. Exactement comme j'avais prévu. L'été des *langues.*

– Haut les cœurs, moussaillons, a dit Mal. S'ils n'arrêtent pas de se manger la face en public, je les pourfends de mon poignard. Et vous serez mes valeureux seconds.

Après le dîner, on tombait sur eux emberlificotés sur un canapé ou on trébuchait sur leurs corps enlacés sur la plage ou empaquetés dans le hamac quand on voulait lire dedans, les pieds nus de Mattie pressés contre la cage thoracique de Kit.

Mais alors est-ce que j'avais simplement imaginé la discussion avec Kit ? C'était juste une réplique, après tout, un seul mot, « merveille », et une double négation autour, « Ça veut pas dire que je trouve pas que t'es une "merveille". »

Il trouve que je suis une merveille, et pendant ce temps-là le voilà embobiné dans un hamac à embrasser les pieds nus, parfaitement sculptés, légèrement ensablés, de Mattie. Il trouve que je suis une merveille, et pendant ce temps-là le voilà qui fourre la main dans son short à elle, et elle fait semblant d'être outrée.

Peut-être qu'il voulait pas vraiment dire *t'es une merveille*. Peut-être qu'il voulait dire *t'es pas mal*. Peut-être que c'était un jugement esthétique, genre : « Un jour, quelqu'un te trouvera à son goût. » Mais c'est pas comme ça que je m'en souvenais, moi. Je m'en souvenais avec ses yeux attachés aux miens, avec l'invitation muette qui avait (peut-être) accompagné ses mots.

Le truc, avec Kit Godden, c'est qu'il savait très bien comment modeler le monde à son image.

C'était un expert en la matière. Il souriait, parlait, faisait des blagues, enroulait son bras autour de mes épaules, tout ça d'une manière parfaitement amicale, un peu impersonnelle, jusqu'à ce que je me persuade que j'avais imaginé ces mots, ou peut-être pas les mots, mais l'intonation, l'implication que le mot merveille voulait vraiment dire merveille. Et puis dès qu'il me voyait sur le point de lâcher l'hameçon, il tiraillait un petit coup sur la canne, et hop.

Je pensais à ce qu'avait dit Hugo, sur Kit et le sexe. Avec toute cette manipulation, au moins je pouvais me dire qu'il ne voulait pas juste qu'on soit amis. Qu'il était assez attiré par moi, sexuellement et intellectuellement, pour envisager qu'on couche ensemble. Enfin, c'est ce que ça semblait indiquer.

Après quelques jours, par un effort de volonté, j'ai arrêté de penser à lui et j'ai pu me consacrer à nouveau à des choses que je voulais faire. J'ai même osé, après minuit, refaire une petite exploration de la plage à travers mon télescope. J'avais peur de le voir revenir en douce à la maison, l'air de rien, comme s'il ne couchait pas avec ma sœur, je m'y attendais, même.

Mais aucun signe de Kit ou de Mattie, ou de quoi que ce soit d'autre d'intéressant. Jusqu'à ce que j'arrive à l'autre bout de la plage et que je tombe sur quelque chose de familier. J'ai fait reculer la lentille, j'ai focalisé, et à nouveau j'étais les yeux dans les yeux avec Hugo.

C'est quoi ce bordel ?

J'ai baissé le télescope et à l'œil nu j'ai vu sa silhouette à quatre cents mètres de moi, qui me faisait face, mais trop loin pour que je puisse le voir, ou qu'il me voie en retour, d'ailleurs. Il était sans aucun doute trop loin pour même se douter que je le regardais. Cette fois, c'était impossible de se tromper. Il n'y avait aucune lumière dans la tour, rien qui puisse permettre à quelqu'un de même savoir que je ne dormais pas.

J'ai repris le télescope et je l'ai soulevé délicatement. Hugo était toujours là, les yeux rivés directement vers moi, comme s'il se tenait seulement à quelques mètres. Il aurait pu être dans la même pièce, le regard braqué sur moi. C'était sérieusement flippant.

Est-ce qu'il restait planté là à contempler la tour vingt-quatre heures sur vingt-quatre dans l'espoir fumeux de me choper en train de regarder par la fenêtre ? Ça me semblait improbable, curieusement.

Tandis que je continuais à regarder, il a remonté la plage et il a disparu chez Maléhope. La maison était plongée dans l'obscurité.

C'était moi qui sombrais dans la folie, ou c'était lui ?

J'ai créé dans ma tête tout un tas de noms pour désigner ce débarquement de frères Godden. Armagodden. La Goddenpocalypse. Le Cocktail Goddenov.

Le Big Bangodden.

15

L'organisation du mariage se mettait en place. Alex était heureux avec ses chauves-souris. Mal avait la tête bourrée de *Hamlet* jour et nuit. Tamsin était toujours folle amoureuse de Duke, et Mattie de Kit. Kit, à ce qu'il semblait, aimait bien Mattie aussi. Maman cousait et Papa fabricotait ce qu'il fabricote généralement pendant la journée. C'était d'une prévisibilité aussi ennuyeuse que l'arrivée du mardi après le lundi.

Et puis Kit s'est mis à refroidir.

Si on s'était amusé à dessiner un graphique, on aurait pu voir la courbe de passion de Mattie continuer à s'élancer vers le haut comme le PIB de l'Inde, alors que celle de Kit se stabilisait, comme le PIB de la Chine, donnant tous les signes d'une perte de vitesse, puis d'une plongée finale avant la prochaine cotation en bourse.

On aurait même pu dire que Kit avait commencé à prendre ses distances.

L'effet en était que Mattie passait la majeure partie de la matinée à essayer de tomber sur Kit, échouait, et revenait à la maison pour essayer cinq tenues différentes, toutes aussi parfaites les unes que les autres, mais aucune tout à fait assez acceptable pour compenser le vide de cette absence. Elle finissait par en choisir une, et passait une demi-heure à se brosser les cheveux pour se faire une queue de cheval qui ait l'air négligée sans l'être. Une fois la coiffure réalisée, elle s'apercevait que le short, finalement, ça allait pas, ni les chaussures, elle entrait dans la cuisine en rage et en baskets, ressortait, revenait en tongs, puis pieds nus, puis en ballerines, puis en tongs à nouveau, comme si les chaussures étaient la clef du cœur de Kit et que si et seulement si elle trouvait la bonne paire, il se remettrait à l'aimer comme la semaine dernière.

Mais le jeu des chaussures n'avait aucun impact sur lui. Un jour, il n'est venu ni pour le déjeuner ni pour le dîner. Mal de tête, a dit Hope. Le pauvre. Et

Mattie n'avait pas juste l'air déçue, elle avait l'air grisâtre et éteinte, comme si on l'avait frappée.

Et puis le lendemain il avait du boulot. Et le jour d'après, il avait lu toute la nuit, alors il a dormi presque toute la journée.

Le soir suivant, quand Kit a fini par revenir, Mattie l'a évité. Elle s'est assise avec Alex d'un côté et Mal de l'autre. Mais ça n'a pas marché, parce qu'elle n'avait pas pensé au jeu de regards qui s'ensuivrait, le regard perplexe, le regard blessé, le regard de pourquoi tu m'évites, le regard de je vais démolir toute confiance que tu pourrais encore avoir en tes propres instincts. Ce regard-là a fait d'elle le genre de fille à douter du fonctionnement même modérément adéquat de son cerveau.

Parfois je le surprenais en train de me regarder moi, et j'avais un éclair de triomphe. Il s'était lassé d'elle, comme je l'avais prévu. Tout ce que j'avais à faire, à présent, c'était attendre.

Plus Mattie s'alarmait, plus Kit la faisait marcher, « oubliait » qu'ils étaient censés se retrouver, arrivait en retard, partait se balader longuement avec Mal (« Avec Mal ? Mais pourquoi il ne m'a pas demandé à moi ? »), ou invitait quelqu'un d'autre à se joindre à lui, quelqu'un qui n'avait aucune conscience qu'on l'instrumentalisait, comme Alex. Et puis pile au moment où Mattie commençait à péter un plomb au point de risquer d'arrêter de s'intéresser à ce salopard narcissique qui la ghostait, il revenait se pointer avec son sourire létal, ses yeux brûlants et sa douce voix grave, et il mettait son bras autour de sa taille et lui fourrait le nez dans la nuque et disait « Mais t'étais passée où ? » alors que c'était parfaitement évident, où elle était passée, vu le mal qu'il s'était donné pour éviter de lui tomber dessus.

C'est là que Mattie a commencé à lui trouver des excuses. *Avec une mère pareille, toi, tu serais comment, dans tes relations amoureuses ?* Et *Tu vas peut-être pas me croire, mais étonnamment il a peu d'expérience avec les femmes.* Ça c'était plus difficile à avaler : s'il y avait bien une chose que Kit ne semblait pas être, c'était inexpérimenté. *Il est pas comme les autres mecs*, elle disait. *Il vit dans sa tête.* Ou alors, d'un ton plus acide, à mon encontre ou à celle d'Alex : *Tu peux pas comprendre quelqu'un comme Kit, il est trop sensible.*

– Tu lui as demandé pourquoi il est pas venu hier soir ?

Mattie a détourné le regard.

– Pourquoi ?

– Je peux pas.

– Pourquoi ?

– Je peux pas, c'est tout. Et puis de toute façon, personne n'est censé savoir ce qui se passe entre nous.

Tout le monde dans un rayon de cent kilomètres était au courant.

– Pourquoi ?

– C'est évident, non ?

J'ai réfléchi une minute.

– Ben non.

Mais elle a juste remué la tête et elle est partie, et moi j'étais un peu perplexe que Mattie se soit transformée, en quelques semaines, en quelqu'un qui ne pouvait pas demander à Kit pourquoi il n'était pas venu alors qu'il avait dit qu'il viendrait.

Moi, pendant ce temps, je me retrouvais de plus en plus la cible des attentions de Kit. Rien de concret, il ne me tripotait pas dans les placards, il ne me volait pas de baisers dans l'escalier. Mais dès que je levais les yeux, je rencontrais son regard, et dès que je marmonnais un commentaire, il l'entendait et il se marrait brièvement.

Je sais que tu es là, me disait cette attention. *Je suis intéressé.*

Et puis il y avait Hugo, aussi poli et renfermé que d'habitude, qui ne parlait pas vraiment à qui que ce soit, qui s'arrangeait pour être là et pas là à la fois. On n'était pas devenus vraiment amis pendant notre expédition dessin, mais c'était comme une trêve temporaire, avec possibilité de construire quelque chose dessus.

Il est apparu à la maison un après-midi alors que je ne faisais pas grand-chose, et il a commencé par se tenir là comme un fantôme.

C'est le moment, Hugo, bonhomme. Ça serait un bon début de dire bonjour.

– Bonjour, il a dit, avec sa manière étincelante de briser la glace.

– Salut.

Il n'a pas embrayé, alors je l'ai fait pour lui.

– Ça roule ?

– Ta mère voudrait que quelqu'un aille cueillir de la salicorne pour le dîner.

N'importe qui d'autre sur cette planète aurait ajouté : « Tu veux venir avec moi ? », mais pas Hugo. Ça m'énervait à un point parfaitement disproportionné. J'ai attendu sans rien dire. Le silence m'a semblé durer mille ans.

– Tu veux venir avec moi ? il a fini par dire.

– OK, j'ai dit comme si je félicitais un chien d'avoir compris ce que veut dire « Assis ! ».

Hugo s'est retourné pour ressortir sans m'attendre et j'ai poussé un soupir. On s'est dirigés vers les marais salants, lui devant, un sac en jute et une paire de ciseaux lui battant les reins. La marée était basse, alors ça n'a pas été difficile de trouver les salicornes, même si la boue s'infiltrait dans mes vieilles tongs et aspirait les attaches en caoutchouc par le trou à chaque fois que je posais le pied par terre. J'ai fini par abandonner et je les ai enlevées.

J'ai arraché une branche de salicorne particulièrement charnue et je l'ai tendue à Hugo.

– Remets ça en place !

Il était outré.

– On n'enlève pas les racines avec, bordel.

J'étais au courant, mais c'était lui qui avait les ciseaux.

– Laisse-moi tenir le sac, j'ai proposé gentiment.

Il a remué la tête d'un air dégoûté, s'est agenouillé et a commencé à couper les salicornes avec attention.

– Elles repousseront pas si t'arraches les racines.

– Je les vois pousser ici depuis la nuit des temps. Qu'est-ce que t'y connais, aux salicornes, d'abord ?

Il m'a envoyé un regard furibard.

– La Californie, c'est pas la lune. On a des plantes là-bas.

– Pardon de te sous-estimer.

Hugo a ricané.

– Continue, fais-toi plaisir, il a dit.

Retour à la case départ. Il a coupé des salicornes un certain temps en silence, et puis il a fini par me tendre le sac et les petits bouquets, que j'ai empilés précautionneusement. Ce n'était pas épuisant comme boulot. J'ai trouvé un endroit à peu près sec où m'asseoir. Ni lui ni moi n'avons dit quoi que ce soit pendant longtemps.

– Tu vas bien ?

Il m'a demandé ça sans lever le regard. J'ai cillé. Tout le monde n'arrêtait pas de me demander ça, récemment.

– Pourquoi ça irait pas ?

– Pour plein de raisons.

– Du style ?

Il s'est assis, s'est accroché les ciseaux autour d'une phalange et a commencé à les faire tourbillonner. Il ne me regardait pas moi, il regardait juste les ciseaux.

– Alors ?

– Rien. Juste, fais gaffe.

Il parlait de Kit, de toute évidence. Mais je faisais gaffe, en vrai. Et puis de toute façon, je savais quelque chose sur Kit que Hugo ne pouvait pas savoir. Je savais comment il se comportait avec Mattie, je savais qu'il n'était pas sérieux. N'importe qui le voyait, ça.

Surtout, je savais comment il me regardait, moi.

16

Après une autre tranche de quarante-huit heures à complètement ignorer Mattie, Kit est apparu chez nous pour le petit déjeuner avec Gomez et Mal, s'est glissé sur le banc juste en face d'elle et a doucement laissé filtrer le sourire Godden. Le visage de Mattie s'est tendu comme s'il l'avait frappée, et je sentais sa froide incertitude fondre, se répandre à ses pieds comme une flaque de sang.

Mais ce n'était que le début pour Kit.

Lentement, comme un gymnaste qui s'échauffe, il a fait des blagues, parlé gentiment, envoyé des regards qu'il brisait ensuite avant de retrouver le chemin des yeux de Mattie et de s'y installer cette fois, il prenait l'air sérieux une minute, puis riait, faisait la moue sensuellement. Je me doutais qu'il se passait quelque chose sous la table aussi. Lentement, les joues de Mattie ont repris des couleurs et elle a commencé à oublier le désespoir des quelques jours passés. Je l'ai vue se relâcher, s'adoucir, jusqu'à ce qu'elle lui appartienne à nouveau.

Juste comme ça.

Mais je distinguais encore des miettes d'hésitation dans ses yeux. Cette expression que je reconnaissais si bien, *c'est moi qui ai rêvé ou quoi ?* Et je détestais assister à ça, c'était tellement pathétique comme spectacle.

Aucun des adultes responsables ne se rendait compte de ce qui se passait, parce que Kit ne voulait pas qu'ils s'en rendent compte. Il s'assurait de faire exactement assez attention à Mattie quand il y avait d'autres gens autour pour que la manipulation mentale reste leur petit secret. Et si ces trois mots ne vous font pas frémir, vous n'avez pas la bonne réaction.

Ils se sont mis d'accord pour aller se promener après le petit déjeuner, et Kit a parlé d'aller camper sur la plage dans la tente de Malcolm, et Mattie écoutait, enthousiaste comme un épagneul à l'idée que tout soit à nouveau parfait entre eux deux.

Maman nous a rejoints avec un café et a paru ravie de l'atmosphère chaleureuse. Elle et Papa baignaient dans l'idée rassurante que Mattie et Kit étaient encore en train de se faire la cour, un peu à l'ancienne, se tenaient la main sur la plage de temps en temps, bavardaient toute la nuit. Il se passait bien davantage, mais seulement quand Kit était d'humeur. Ou peut-être quand il faisait si sombre qu'il pouvait fermer les yeux et faire comme si elle était quelqu'un d'autre.

Mais qui ? Là était la question.

Hugo est arrivé et s'est perché à l'autre bout du banc, comme un animal prêt à détaler à tout moment. J'ai fait un vrai effort pour attraper son regard, mais il a refusé de me l'octroyer, et j'ai eu envie de lui jeter une fourchette à la figure. Pourquoi je m'embêtais avec lui, en fait ?

Au bout du compte, Mal s'est levé, et il a dit qu'il allait chercher un journal, est-ce que quelqu'un voulait venir avec lui ? mais Mattie et Kit ne l'ont même pas remarqué. Mal a passé la main entre les deux corps pour vérifier qu'ils n'étaient pas devenus aveugles, mais ils l'ont ignoré.

Hugo a dit : « Moi je viens », et il a suivi Mal, et c'était la première fois que je le voyais faire quoi que ce soit de vaguement sociable de son plein gré.

J'ai ébauché un geste pour me lever aussi, mais je me suis fait contrer par Papa, avec son grand regard implorant de bébé panda.

– Tamsin a une compète aujourd'hui et j'ai promis que je l'aiderais.

– Cool, j'ai dit en faisant demi-tour, pas du tout opé. Profite bien.

– Oh, s'il te plaît, il m'a dit. S'il te plaît, viens. Tu sais comment je suis avec les chevaux.

Il avait l'air tellement piteux, et puis je sais bien qu'il faut jouer avec les parents de temps en temps pour qu'ils se sentent un peu aimés, même si j'ai honte d'admettre que d'habitude j'ai la flemme. J'ai soupiré et je l'ai suivi jusqu'à la voiture.

– Quelle belle journée, il a dit pour briser la glace.

Mais ça n'a pas fonctionné avec moi vu que 1) je m'en fichais du temps qu'il faisait, et 2) les Godden divers et variés me déboussolaient tellement que, franchement, c'était déjà une journée de merde. Avec ou sans beau temps.

– Tu penses à quoi ?

J'ai soupiré à nouveau et j'ai regardé le gentil visage insouciant de mon père.

– À rien, j'ai dit.

Je voulais pas le brusquer en lui contant les arcanes de la vie souterraine des adolescents.

– Je me demandais juste si j'ai le moindre souvenir de ce que ça implique de seller un cheval.

– Le plus important, c'est d'être là pour Tamsin. Tu sais dans quels états elle se met.

Oui, je suis au courant. C'est reproches et panique et stress si son cheval n'a pas les orteils qui brillent et, si la crinière n'est pas tressée bien comme il faut, elle éclate en sanglots et reste clouée sur place. Je ne sais pas comment j'ai récupéré des sœurs comme les miennes. Je parie que mon père ne sait pas non plus. Ni lui ni Maman n'est dingue ou narcissique.

On s'est garés à l'écurie, et il y avait je ne sais combien de poneys, à qui je ne sais combien de petites filles faisaient des mamours. Ça sentait le fumier, le graillon de la camionnette à hamburgers et, en sous-couche, ça puait le trac. C'est là que ça commence, j'ai pensé, l'anorexie, la haine de soi, l'obsession de tout contrôler. *Mon cheval est pas aussi bien que ce cheval-là. On a renversé un obstacle. Faire plus d'efforts. Aller plus vite. Sauter plus haut. Grandir et épouser un banquier pour financer mes passe-temps de luxe.*

Il y avait pas mal de gosses de banquiers dans le manège, et j'ai eu un léger poinçon au cœur en pensant à Tamsin tellement en décalage, avec Duke qui est loin d'être tout jeune, sa robe alezan grisâtre. Mais quand on les a trouvés, Duke avait l'air tout lustré et alerte, crinière et queue tressées, équipement brossé et verni, et Tam en pantalon d'équitation immaculé et bottes noires et cravate. Ils étaient beaux, tous les deux.

– Tu es superbe, ma chérie, a dit Papa.

Et il l'a embrassée, ce qui n'était pas la chose à faire, parce qu'elle venait juste de parvenir à faire tenir son filet à chignon et elle ne voulait pas qu'il bouge d'un iota.

– Aide-moi à mettre mon numéro, elle a dit en grinçant des dents, et Papa l'a épinglé consciencieusement à sa veste.

J'ai tenu les rênes de Duke pendant que Papa faisait la courte échelle à Tamsin, et puis je lui ai souhaité bonne chance et je le pensais vraiment. C'était pour Duke que je voulais qu'elle gagne, histoire qu'elle n'insiste pas pour obtenir un modèle plus performant. Un moment, j'ai eu un éclair de nostalgie pour les beaux jours du passé où on se mettait tous en selle sur des poneys hirsutes et de mauvaise humeur qui ne nous obéissaient jamais. Ce nouveau truc avec les compétitions, ça ne sonnait pas juste, c'était pas marrant, c'était anti-cheval, d'une certaine manière.

On a attendu avec Tamsin près du manège et, quand ils ont appelé son numéro, Papa a agrippé la barrière et il m'a lancé un regard qui voulait dire : *Nous y voilà !*

Duke savait ce qu'il avait à faire et quand Tam s'est trompée dans son approche, il a ajusté ses pas avec une telle fluidité qu'elle n'a même pas remarqué. Je n'arrêtais pas de me dire qu'elle allait oublier l'ordre des obstacles, mais non, et Duke a fait le tour comme un champion, sautant précisément. Tam rayonnait, et elle s'est penchée pour enlacer Duke et lui embrasser le cou quand ils ont quitté l'arène.

– Bon cheval ! elle a dit, et j'ai pensé : *Bien joué, Tamsin, toujours amoureuse de ton poney, pas de problèmes de ce côté-là.*

Personne d'autre n'a réussi à passer sans faire tomber d'obstacle alors il n'y a pas eu de manche supplémentaire, merci petit Jésus / Allah / Zeus, et après livraison par Papa de tous les bravos et je suis fier de toi requis, j'ai montré du doigt la voiture. Papa a jeté un regard nerveux à Tam, qui reconduisait Duke à son box, et il a haussé les épaules.

– Prenons le risque, il a dit, et on s'est échappés en rigolant comme des gosses.

Le trajet retour est court, et quand on a pris le virage vers la plage, on a failli heurter une silhouette qui marchait le long de la route en nous tournant le dos, le pouce en l'air. Papa a ralenti.

– C'est Hugo, il a dit, et il s'est arrêté. Grimpe, Hugo.

J'aurais bien voulu qu'il ne dise pas « Grimpe, Hugo », comme si Hugo était l'un des orangs-outans dans le *Livre de la Jungle*.

– Hello, j'ai dit, d'un ton qu'on aurait pu croire vaguement agressif. Hello, hello, HELL-O !

Hugo-outan a eu l'air un peu paniqué.

– Comment ça se passe, ton été, Hugo ? Tu trouves ta place ? a demandé Papa, genre Hugo était une boîte de céréales sur une étagère.

– Ça va, a répondu Hugo d'un ton nerveux.

Encore un silence. Plus long, cette fois-ci. Le malaise. Mais j'en avais marre de faire tous les efforts.

On a dépassé notre allée et Papa s'est arrêté au bout de celle de Maléhope.

– Voilà, il a dit d'un ton excessivement amical. Ça te va si je te dépose ici ?

Hugo a dégringolé de la voiture tel un orang-outan de sa branche.

– Merci de m'avoir raccompagné, il a dit, et il a refermé la porte sans regarder en arrière.

– Il a l'air sympa, a dit Papa.

Sympa ?

Je lui ai souri et hoché la tête gentiment, pour le protéger, lui, avec son manque tragique de perspicacité.

17

Maman bossait sur une veste pour aller avec la tenue de Hope. Elle voulait qu'elle oscille légèrement au niveau de la corolle, et cousait des baleines le long des plis pour que le lin ne s'affaisse pas. La veste était plus difficile que la robe, et Maman n'arrêtait pas de courir jusqu'à l'autre maison, la veste drapée sur le bras, pour vérifier l'ajustement.

Je revenais tout juste de ma baignade quand je l'ai vue quitter la maison, alors je lui ai fait signe.

– Viens voir la séance d'essayage, elle m'a dit.

J'ai enroulé ma serviette autour de mes épaules et je l'ai suivie. Hope portait un T-shirt à rayures et un jean quand on a passé le seuil, et elle avait tellement l'air d'une jeune fille de dix-huit ans que c'était difficile de l'imaginer mariée un jour.

– J'aime même pas porter des vêtements classe, elle a murmuré quand Maman l'a aidée à enfiler la veste, a ajusté les épaules et a enfoncé des épingles dans les coutures sur le côté.

– C'est bien le moment de me l'annoncer, a dit Maman.

Même si la tenue était compliquée à fabriquer, elle avait l'air toute simple sur Hope, comme l'idée qu'un enfant se ferait d'une robe de soirée.

– Et ensuite, a dit Maman des épingles plein la bouche, ça s'accroche – comme ça.

Elle a rentré les bords sous une bande de tissu qui flottait et elle l'a attachée à la veste.

Hope s'est regardée dans le miroir.

– Joli, elle a dit sans sourire.

Maman a hoché la tête.

– Il est où, Mal ? Je ne l'ai pas vu de la journée.

– Il se cache. Il apprend son texte. Je crois bien qu'il a entraîné Kit pour qu'il fasse les autres répliques. Je voudrais bien l'aider, mais il refuse. Il dit que je lui jette des regards désapprobateurs.

– Et c'est vrai ?

– Probablement.

– Dernier pli, a dit Maman.

Hope a soupiré.

– Je vais pas réussir à lui adresser la parole une seule fois avant la dernière représentation. Je devrais peut-être tomber enceinte. Ça me ferait de la compagnie.

– Oh là là, pas de blagues, a dit Maman en fronçant les sourcils.

– C'est quoi le problème avec les enfants ? j'ai demandé. Ça t'a pas ruiné la vie, non plus.

– Prends un chat, elle a répondu en m'ignorant. Un pote pour Gomez.

– Il serait ravi.

Gomez, en entendant son nom, s'est approché lourdement et s'est effondré par terre comme un sac rempli de marteaux. Je lui ai gratté les oreilles.

– Tu voudrais bien qu'un chat te tienne compagnie, chouchou ?

Il n'a pas répondu. On a entendu la porte de derrière s'ouvrir.

– Salut, les fans en délire.

C'était Mal. Hope a souri.

– T'as l'air plutôt de bonne humeur pour le fils d'une reine qui couche à droite et à gauche.

– Traître sans remords, lubrique, dénaturé coquin ! O vengeance ! Que j'aie besoin comme une catin de décharger mon cœur en paroles et que je tombe dans les malédictions comme une vraie coureuse de rues, comme une gazinière !

On lui a jeté un long regard. Il a fait silence.

– Pas une gazinière. Une cuisinière. C'était pour voir si vous suiviez.

Kit est entré dans la pièce après lui, les bras écartés, et il a pris la pose.

– Peste soit d'eux ! Bah !

– Bar ? Quel bar ?

– Pas bar, b-a-h. Bah, b-a-h.

– C'est quoi, *bah* ? a rigolé Hope.

Kit a haussé les épaules.

– Continue, a dit Mal, les bras croisés, en attente.

– Me tente pas. Je pourrais te faire toute la pièce demain.

– Eh ben vas-y.

– Je veux pas te foutre l'affiche, Malcolm, mon petit Écossais en kilt. Mais si jamais t'avais besoin d'un Hamlet du bon âge, je prendrais ta place au pied levé.

Mal lui a pianoté sur le crâne.

– O, jeunesse ennemie.

– J'aime bien « Traître sans remords, lubrique, dénaturé coquin ! », j'ai dit. Je vais l'utiliser contre Alex.

– Alex, lubrique ? a répété Maman.

– Sans remords, au moins.

– Essaie, a dit Kit en m'attrapant le bras pour me faire me lever. Vas-y, déclame. T'as qu'à inventer au fur et à mesure.

– Non.

– Vas-y, a dit Mal. Attends, je te tends une perche. « Hélas ! Traître, vilaine engeance d'une catin… »

– Merci, a dit Maman.

Mal l'a regardée.

– C'est pas contre toi.

– Pas de problème.

Il s'est retourné vers moi.

– Non.

– Mais *allez*.

– Vas-y, a dit Hope.

J'ai soupiré et pris la pose de manière pas très motivée.

– Recule, je t'enjoins, avant que je te réduise les entrailles en purée. O Roméo, cavalier au cœur noir, telle est la question, moussaillons.

Mal a eu l'air de souffrir atrocement.

– C'était quoi, ça ?

– Shakespeare façon pirate, a dit Kit en hochant la tête d'admiration. Très moderne.

– C'était ton idée.

– Shakespeare façon pirate ? a dit Mal. Ça m'étonnerait.

J'ai haussé les épaules.

– Je sais pas d'où ça vient, mais n'en fais pas une habitude, a dit Mal, dont les yeux ont ensuite atterri sur Hope. Serait-ce l'habit sacré de nos noces prochaines ?

– T'es pas censé regarder, a murmuré Maman de dessous l'ourlet. Alors décampe et arrête d'espionner.

– Viens, il m'a dit, on va déclamer un match de tennis. Il faut que je me désencrasse le cerveau en trucidant quelqu'un.

– Je peux pas jouer dans cette tenue.

– Alors va te changer et rejoins-moi là-bas. Allez, hop !

– Attends, je vais venir vous regarder, a dit Maman en récupérant les empiècements de la veste pas encore terminée que Hope avait enlevée avec précaution. J'ai terminé pour aujourd'hui.

– Merci, t'es une sainte, a dit Hope en embrassant Maman.

– Je peux emprunter la raquette de Papa ?

– Pourquoi tu prendrais pas la tienne ?

– Elle a une corde cassée.

Maman a remué la tête.

– Pourquoi il faut toujours qu'il y ait des trucs à réparer dans vos vies ?

J'ai pris ça comme une question rhétorique.

Mal a réussi à me trucider au tennis, ce qui lui a grandement remonté le moral. Mattie traînait dans les parages à mon retour à la maison.

– Hey, Matts.

– Hey, elle a dit. T'as vu des gens dehors ?

– Qui en particulier ? Je faisais juste un tennis avec Mal. Hope est à la maison. Maman probablement à l'étage. Alex ? Tam ? Hugo ? Non. Kit ? La dernière fois que je l'ai vu, il était avec Mal. T'es pas allée te balader, finalement ?

Elle n'a pas répondu, elle s'est juste affalée sur le canapé la tête la première, enfouie dans les coussins. Alors c'était reparti pour les montagnes russes. Le cycle des hauts et des bas s'accélérait.

Un peu plus tard, quand j'ai fait mon inspection habituelle de la plage de l'après-midi, j'ai repéré Gomez allongé sur un nid de serviettes, occupé à observer Malcolm, Kit et Mattie dans la mer. Mal nageait parallèlement à la rive, d'un crawl paresseux, tandis que Kit faisait la planche un peu plus au large, crachant des jets d'eau vers le ciel. Mattie pataugeait plus près de la plage, où elle attrapait les vagues avant qu'elles ne se brisent. Toutes les deux ou trois secondes elle jetait un coup d'œil, l'air de rien, à Mal et Kit, même si ni l'un ni l'autre ne lui prêtait particulièrement attention. Elle a enfin arrêté d'espérer que Kit vienne à sa rencontre, et elle est partie vers le large à la brasse, où elle s'est mise à naviguer à côté des garçons, la tête comme une bouée entre les vaguelettes.

On pouvait bien se raccrocher à l'idée que Kit l'adorait et qu'il n'était juste pas très démonstratif, mais de mon point de vue, il était parfaitement heureux de traîner avec elle, tout comme il était parfaitement heureux de traîner avec n'importe qui d'autre, avec en seul bonus un peu d'action après l'extinction des feux.

J'ai fait glisser la lunette le long de la plage, mais aucun signe d'Hugo.

Le soleil était chaud, même à cette heure-ci de la journée, et après que Mal et les autres sont revenus à la maison, laissant la plage déserte, j'ai marché jusqu'au bord de l'eau, jeté un coup d'œil rapide à la ronde, et j'ai abandonné mes vêtements sur le sable pour me glisser dans les vagues. Aller se baigner à poil en plein jour, ça incite à ne pas y passer trop de temps. Le soleil d'août faisait scintiller la mer. De grands cormorans noirs, perchés sur les bancs de sable, les ailes étendues, faisaient sécher leurs ailes échevelées dans le soleil. J'ai plongé la tête sous l'eau et retenu ma respiration, et en remontant rapidement j'ai ouvert les yeux juste à la surface, pour pouvoir dériver là, à la frontière entre mer et ciel, mon corps en suspens en-dessous de moi, comme un crocodile attendant sa proie.

Pas une âme à l'horizon. Le distillat de l'existence : paix, liberté et sentiment d'attente dans un présent infini.

18

S'il n'y avait pas eu de préparatifs de mariage cet été-là, tout aurait été très différent. S'il n'y avait pas eu *Hamlet*, aussi. Et sans les Godden, ça aurait été, sans doute, un été de plus, qui se serait mélangé à tous les autres.

Est-ce que ça aurait été mieux comme ça ?

Ce qui me rendait perplexe, c'est qu'on n'avait pas du tout de nouvelles de Florence Godden.

– Les e-mails, c'est pas son truc, a dit Kit. Elle trouve ça trop naze, les technologies modernes. « C'est bien pour ça que j'ai un assistant, mon chéri. »

– Elle ne passe jamais de coups de fil ? WhatsApp ? SMS ? C'est pas comme si c'était hors de prix.

J'étais en train de dessiner un cardon au crayon, un artichaut d'un mètre vingt de haut, majestueux, violacé, en fleur. Kit lisait une pièce d'Edward Albee.

– Ma mère ? Seulement quand elle y pense, et elle n'y pense jamais. Des cartes postales, une ou deux fois par an.

Il m'a jeté un coup d'œil en coin.

– J'espère que tu n'as pas pitié de nous. Ça serait gentil, mais c'est pas la peine. Elle ne me manque pas.

– Jamais ?

J'ai attrapé un fusain.

– Pas depuis que j'ai six ans. Je la considère à peine comme ma mère. C'est plus comme un membre de la famille éloignée, la tante un peu jetée que tu vois seulement à Noël.

J'ai ombré la tige épaisse de traits verticaux.

– Et Hugo ?

– Quoi, Hugo ?

– Peut-être que ça lui manque, une famille.

Kit a haussé les épaules.

– Je sais pas. Je sais pas grand-chose de mon frère.

– Ça t'intéresse pas ?

– Non.

– Moi je dirais que lui, il connaît un ou deux trucs à ton sujet.

Kit a fait la grimace.

– Il pense qu'il connaît un ou deux trucs au sujet de tout un tas de choses.

– Alors il vaut mieux que je l'ignore ?

Ça tuait Kit de ne pas me demander ce que Hugo m'avait dit. Mais il ne l'a pas fait. Il a juste haussé les épaules.

– Fais comme tu le sens.

– C'est ce que je vais faire.

Kit est resté encore quelques minutes, juste pour prouver qu'il ne partait pas bouder, et puis il s'est levé et il est parti. Il n'aimait pas les conversations qui tournaient autour de son frère.

Qu'est-ce qui avait bien pu se passer pour qu'ils aient une si mauvaise relation ? Ils n'allaient pas au même lycée. Ils n'habitaient pas ensemble (ils étaient en pensionnat). Il n'était jamais question de père, ce qui était déjà un peu suspect. Et bien sûr Florence, clairement, préférait Kit à Hugo, ce qui n'est jamais la clef des relations pacifiques entre frères et sœurs. Voir aussi *Le Roi Lear*.

J'ai terminé mon dessin avant de partir en chasse du mal-aimé, et je l'ai trouvé à la petite maison, sur le canapé, les yeux fermés, des écouteurs dans les oreilles. Je lui ai tapoté l'épaule, résistant à la tentation de jeter un œil à sa playlist. Il était bizarrement secret avec les trucs de ce genre, et je ne voulais pas le faire criser.

Hugo a ouvert un œil et extirpé l'écouteur d'une de ses oreilles.

– Salut, il a dit d'un ton de voix qui aurait presque pu paraître amical.

– Tu veux faire quelque chose ?

– Genre quoi ?

– Chépa. Un tennis ?

Je savais que Kit jouait ; il avait apporté une raquette. Hugo aussi, probablement – tous les Californiens jouent au tennis, non ?

– Je suis pas extraordinaire, mais en général j'arrive à renvoyer la balle.

– OK. Je peux t'emprunter une raquette ?

J'ai fait oui de la tête et il s'est désincarcéré du canapé, s'est assis, a passé la main dans ses cheveux qui s'étaient aplatis d'un côté de sa tête.

– Je vais juste chercher mes baskets, il a dit.

Il est monté à l'étage cahin-caha et il est revenu en Converse blanches. Pas super pour le tennis. Moi, j'avais des baskets à semelle gélifiée, ultra-rebondissantes. Très pro. Je lui ai tendu la raquette de Mal, qui était l'une des meilleures de toutes, et il a vérifié la tension des cordes, et a fait tournoyer le manche entre ses mains.

On n'a pas dit grand-chose sur le chemin. Ce que j'avais découvert chez Hugo et que j'aimais bien, c'était son talent pour le silence. Il était meilleur dans ce domaine que n'importe qui d'autre, à part peut-être Gomez.

Quand on est arrivés, je lui ai dit que Mal m'avait appris à jouer mais qu'il me battait tout le temps. Peut-être qu'il ne m'avait pas appris les meilleures astuces, exprès, juste pour continuer à garder l'avantage, mais c'était beaucoup plus probable que je ne m'entraînais pas assez, tout simplement.

– J'ai un peu joué au lycée, a dit Hugo.

– Vous jouez au tennis au lycée ? Tu verrais le mien… On a athlé deux fois par mois, enfin, s'il ne pleut pas, et il pleut toujours, et on fait de la gym, enfin c'est une grosse blague, et des jeux, pour ce que ça veut dire.

– Nous on avait tennis, yoga, arts martiaux et méditation. Tous les jours.

– Waouh.

On s'est un peu échauffés en échangeant quelques balles, et il avait l'air de courir plus que moi, ce qui était encourageant. Je m'occupais surtout à lui renvoyer la balle et j'ai commencé à me dire que je pourrais être cool comme adversaire.

– Tu veux servir ?

J'ai remué la tête.

– OK.

Son premier service était facile et j'ai renvoyé la balle dans le coin opposé, si près de la ligne qu'elle a soulevé un peu de craie. C'était un coup de chance, pas représentatif de mes capacités, mais je l'ai vu froncer les sourcils légèrement, d'un air perplexe.

Son service suivant m'a quasiment dégommé l'oreille. J'ai à peine eu le temps de lever ma raquette quand la balle a défoncé le terrain à un centimètre de la limite, et explosé contre la grille.

Bouche bée, je lui ai dit :

– 'Tain, Hugo, tu le sors d'où, ce service ?

Il a haussé les épaules et servi à nouveau, un service enfantin pour que je puisse l'attraper.

J'ai laissé filer la balle.

– Refais celui de tout à l'heure.

J'ai bien regardé cette fois, pour voir comment il s'y prenait. Il n'avait pas l'air particulièrement athlétique, ses épaules n'étaient pas grandes et ses bras pas musclés, mais quand il envoyait la balle en l'air son corps entier semblait se comprimer comme un ressort avant de s'élancer, alors quand la raquette entrait en contact avec la balle, la force venait de ses pieds et de ses genoux, et il y avait comme un flux qui traversait ses cuisses, les muscles de son dos et ses épaules à la détente. C'était hallucinant.

Lorsqu'il a compris que ce n'était pas la peine de jouer sérieusement au tennis avec moi, il est revenu à des services tranquilles et il s'est mis à frapper la balle plus ou moins directement vers mon avant-bras pour que je puisse la renvoyer sans trop galérer. J'avais l'habitude de perdre contre Mal, qui se trouvait plutôt bon comme joueur, mais ça, c'était entièrement autre chose. Même l'impact de la balle contre sa raquette ne faisait pas le même bruit que de mon côté. Moi c'était une sorte de *bop* normal. Chez lui, le son était net comme une balle de fusil. J'en étais quasi malade de jalousie et soudain j'ai commencé à l'aimer beaucoup plus. C'était quelqu'un qui se révélait petit à petit, Hugo.

On a joué une heure et Hugo n'a jamais eu à se fouler. La plupart du temps il renvoyait précautionneusement mes tirs pour que j'arrive à nouveau à taper la balle. Puis à la fin d'un échange, alors que j'avais presque l'impression de commencer à bien jouer, il renvoyait négligemment la balle juste un peu trop loin pour que je la rattrape, à une telle vitesse que je distinguais à peine un éclair. Si on avait joué pour de vrai, le match aurait été plié en quelques secondes.

– Je vais mourir si on n'arrête pas, j'ai fini par dire, en nage, avant de m'affaler sur le banc. J'aimerais tellement jouer comme toi.

– Tu pourrais, a dit Hugo. C'est juste une question d'entraînement.

– Je pourrais jamais m'entraîner autant. Avec toi, on dirait une forme d'art. Moi, je fais que donner des coups dans une balle par-ci par-là. C'est à ça qu'on excelle, nous, les Anglais, tu sais – l'art de perdre avec grâce.

Hugo a froncé les sourcils.

– Il est bizarre, ce pays.

– C'est l'hôpital qui se fout de la charité.

Une ombre de sourire.

On est rentrés grignoter quelque chose et puis on est allés se baigner. Le soleil avait passé la journée à jouer à cache-cache. Hugo a cueilli un maillot de bain sur le fil à linge, on a terminé les restes du dîner de la veille, puis on a ignoré la règle d'une demi-heure de repos post-déjeuner, et on s'est rués directement dans l'eau. Les vagues étaient brutales, poussées en diagonale par le vent.

– Me dis pas que tu fais du surf en plus, j'ai dit quand on s'est habitués à la température.

– Nan, il a dit. Du tennis, de la natation. De la plongée. Un peu de cross. Du foot. Du basket.

Il a continué à réfléchir.

– Baseball, lacrosse, tae kwon do, kickboxing. C'est tout.

J'ai remué la tête.

– On vient pas de la même planète.

– Il semblerait.

– C'est comment, L.A. ?

– Ça va.

Il a haussé les épaules.

– J'ai l'habitude. Et Londres ?

J'ai dû réfléchir un moment.

– C'est bruyant. Ça pue.

J'ai nagé sur le côté.

– Mais j'aime bien. C'est chez moi.

Hugo était plus grand, il avait pied.

– L.A., c'est pas chez moi. Je suis nulle part chez moi.

Cette déclaration toute simple m'a fait sursauter. Comment on pouvait se sentir nulle part chez soi ? Chez moi, la plupart du temps, ça me rendait dingue, mais en fin de compte c'était tout ce que j'avais – la maison, les parents, les frères et sœurs, les amis, le lycée...

– Tu te sens même pas chez toi avec... j'ai hésité.

– Ma mère ? Mon frère ?

– Ton père ?

– Mon père ? Je l'ai rencontré deux fois seulement.

– Toi et Kit, vous…

– Non, il a dit en me regardant droit dans les yeux pour une fois. Je suis pas convaincu qu'elle se soit tapé l'un ou l'autre plus d'une fois. Ou n'importe qui d'autre, d'ailleurs.

Ah.

Hugo a plongé sous l'eau et je l'ai regardé faire deux brasses puissantes avant de le perdre dans la mer opaque. Il est remonté à la surface à quelque distance de là, a attrapé une vague qui allait vers la rive, s'est remis debout et s'est ébroué comme un chien. Il n'a pas fait demi-tour, il a juste récupéré sa serviette et il est reparti vers la petite maison. Je l'ai regardé partir, en repensant à ce qu'il venait de dire.

Ce que je prenais pour de l'hostilité, c'était peut-être autre chose. Une blessure ?

19

Quand on était petits, les six semaines de vacances d'été, on voyait ça comme une douve d'une profondeur incommensurable entre la fin d'une année scolaire et le début de l'autre. Mais on avait grandi, le temps s'accélérait, et à peine avait-on commencé à prendre le rythme de l'été que c'était déjà à moitié terminé. Les préparatifs du mariage semblaient jouer un rôle là-dedans : quand on commence à manquer de temps pour organiser une fête, ça ajoute à l'effet de compression. La virée en voilier n'avait pas encore eu lieu, et le tournoi de tennis signalait toujours que c'était Presque Septembre, ce qui teintait l'événement d'une certaine mélancolie. En attendant, toujours pas de nouvelles de Florence, même pas une réponse à l'invitation, ce qui embêtait Hope parce qu'elle s'était dit que la venue de Florence servirait de prétexte pour récupérer les garçons.

Je ressentais un malaise qui tendait vers l'angoisse en pensant au jour où Kit et Hugo quitteraient la plage. Kit passerait par Londres, pour son audition à la RADA, et Hugo retournerait à L.A. avec sa mère. Kit et Hugo traîneraient avec de vieux amis à eux, raviveraient les relations qui existaient dans leur vie d'avant. Avec un peu de chance, Kit reviendrait étudier à la RADA. Il restait à Hugo une année de lycée.

Et nous dans tout ça ?

Kit a fait une nouvelle apparition dans la boutique le jour suivant, alors que je finissais mon service. Il m'a dit qu'il me raccompagnerait à la maison sur son vélo.

– T'es sérieux ? Tu veux que je m'installe où, sur le guidon ?

Mais quand il s'est penché vers moi, j'ai senti un effluve de sel et de sueur et j'aurais voulu respirer cette odeur pour toujours.

J'ai commencé à descendre la route en courant mollement et il a suivi, sur le vélo pourrave de Mal, les bras croisés sur la poitrine. Il pédalait lentement et orientait le vélo à l'aide de petits coups de hanche.

Il s'est mis à me chanter des chansons en italien, comme un gondolier, jusqu'à ce que je le pousse, et il a attrapé le guidon pour éviter de dégringoler.

Il a finalement décidé de rouler près de moi, une main posée sur mon épaule, comme ça c'était moi qui faisais tout le boulot, à le tracter le long de la route. Mon corps entier vibrait sous ses doigts.

À cinq cents mètres de la maison, il a soudainement lâché prise et, sans un seul coup d'œil en arrière il est parti en flèche, comme s'il venait de se rappeler l'heure.

Quelques heures plus tard, le voilà qui ramène ses tongs à la plage.

J'étais en train de finir le cardon, affinant les piquants de la fleur au crayon violet.

– T'es parti à toute vitesse.

– Faut se faire désirer.

J'ai ressenti un véritable éclair de mépris.

– Tu te fous de moi.

Il s'est marré :

– Je me suis souvenu que j'avais promis de faire un truc.

Hmm-hmm. Aucune autre explication ne prenait la suite.

– Tiens, je lui ai dit en lui tendant le dessin pour qu'il l'examine.

Il a regardé avec attention.

– Ça me dirait bien de le garder.

– Pas touche. C'est pour mon portfolio.

– Tu m'en feras un autre, un jour ?

– Niet.

Il a laissé courir sa main le long de ma jambe.

– Mmm... il a marmonné.

Et je lui ai foutu un coup, fort.

– T'es tellement en chaleur. C'est pas Mattie que tu veux, c'est n'importe qui.

Il a eu l'air blessé, pour le coup.

– Je l'adore, Mattie, il a dit. Elle est sublime. Mais avec toi... c'est différent.

– C'est ça.

Ses yeux se sont rétrécis, comme ceux d'un chat.

– C'est... différent.

Ses doigts à l'intérieur de ma cuisse. J'ai retenu ma respiration.

– Je pense à toi, il a dit en regardant le ciel. Je sais que je devrais pas, mais je pense à toi quand même. Beaucoup trop.

Et puis il a posé son regard sur moi.

L'électricité qui émanait de son corps aurait suffi à hisser tout un paquebot hors de la mer. *Mon Dieu*, j'ai pensé. Mais c'est pas ce que j'ai dit.

– Tu sais quoi, Kit Godden ? T'es un troll. Tant que t'auras pas ruiné la vie de ma sœur, tu seras jamais content.

Même moi je trouvais ma voix ridiculement dramatique, en mode police des mœurs.

– T'es injuste, il a dit en retirant sa main de ma jambe. Je vais pas lui ruiner sa vie. Je l'aime bien, Mattie, mais tu t'attends pas non plus à ce que je passe les cinquante prochaines années de mon existence avec elle, on est d'accord ?

Oui, on était d'accord, mais enfin j'aurais cru à n'importe quoi, pourvu que ça prouve que c'était moi qu'il voulait et pas elle.

C'était à ce point indispensable qu'il soit follement, mortellement amoureux soit d'elle, soit de moi ? Est-ce qu'il n'y avait d'amour que fou et mortel ? D'un côté, bien sûr que non. De l'autre, quel genre de mec entamait une liaison de sang-froid, sans le moindre espoir de véritable sentiment, sans l'idée que ça puisse durer ? Est-ce que c'était naïf, de ma part, de croire qu'on s'y prenait différemment, d'habitude ?

Son regard sur moi était aiguisé comme une lame de rasoir, sa voix basse.

– Il y a des choses que je voudrais savoir sur toi, il a dit. J'ai des questions.

Ses yeux étaient ancrés dans les miens, et tout mon corps frémissait. Il a repris :

– Je suis pas pressé. Je te tente pas ?

Est-ce qu'il me tentait ? C'était comme demander si ça te tente de te mouiller en plein orage. La question est à peine terminée que t'es déjà dégoulinant.

J'ai récupéré mon carnet.

– À plus, j'ai dit.

Et je l'ai laissé en plan, tout mon corps déterminé. Ferme. Fragmenté.

20

Tamsin a décroché une rosette dans son premier cours de saut d'obstacles. Mal bossait ses répliques. Maman finissait la veste. Des réponses aux invitations nous parvenaient. On attendait presque quarante personnes pour le dîner de mariage, malgré Hope qui insistait que ça serait intime comme événement. Les parents de Mal allaient venir, ainsi que sa sœur mariée ; à part ça, seulement des amis. Ça se passerait principalement sur la plage et on irait tous se réfugier à la maison s'il pleuvait. Hope paraissait plutôt calme, passant d'un bouquin à un autre dans son hamac. Quand on lui demandait si elle était stressée, elle ouvrait des yeux ronds et disait : « Pourquoi je serais stressée ? »

Ils avaient décidé de faire un menu végétarien malgré les envies de cochon à la broche de Malcolm, parce que c'était plus simple comme ça d'accommoder les contraintes alimentaires de chacun. Hope a fait des listes d'ingrédients, calculé les proportions, commandé une bonne quantité de vin local (pinot noir anglais, merci le réchauffement de la planète), et trois caisses de champagne français. Les verres viendraient de chez le caviste. Hope a embauché quatre adolescentes du coin pour aider à préparer la nourriture et à servir le jour même (« Vous êtes invitées aussi, les filles »), et Maman a tiré de son insondable armoire à accessoires des nappes bleues et vert pâle pour les tables à tréteaux.

– Pourquoi personne ne m'a fait de costume de mariage ?

Mal venait de s'avaler une demi-bouteille.

– Je peux te bricoler un petit quelque chose, mon cher Malcolm, a répondu Maman avec un sourire doux. Mais il faudrait que j'en sache davantage sur l'effet escompté.

– L'effet escompté ? C'est pas évident ? Dieu de l'amour, meilleur acteur de sa génération, intello sensible, sauveur de toutes les femmes…

Hope n'a même pas levé les yeux de son livre. Maman a réfléchi.

– Velours bleu ciel ? Veste assortie, brodée… et des sandales ?

– Sans panama ? Pfff ! a fait Mal en remplissant un autre verre. Voilà pourquoi je vais finir par me marier en maillot de bain et veste en tweed. Personne ne prend au sérieux mes besoins vestimentaires.

– Tu as des besoins vestimentaires, mon cœur ? Je l'ignorais.

Hope a étendu la main pour caresser le bras de Malcolm, mais il l'a repoussée d'une petite tape.

– Assez de condescendance. Je trouverai bien à m'habiller et je vous surprendrai le jour même.

– Pas trop de surprise quand même.

– OK-dac.

Mal s'est tourné vers Alex.

– Tu sais coudre, mon bonhomme ?

– Coudre ?

– Jouer de l'aiguille. Chatouiller une boutonnière. Titiller un ourlet.

Mal a agité les sourcils d'un air suggestif.

– S'il y en a qui sont intéressés, j'officie au…

– Personne n'est intéressé, a dit Hope. Je crois qu'il est l'heure de manger.

Mal a pris le bras de Tamsin et s'est dirigé vers la cuisine.

– Toi, tu vas bien m'aider à trouver quelque chose à me mettre, hein, très chère ? On pourrait avoir des vêtements assortis. Ça me rendrait extrêmement heureux.

Tam rayonnait.

Mattie, elle, était l'inverse d'heureuse. Agitée, pas sûre d'elle, elle mangeait moins, se rongeait les ongles jusqu'au sang. Elle avait perdu du poids et ça ne lui allait pas ; le contour anguleux de ses mâchoires lui donnait un air plus âgé. Moi, par contre, je surfais sur une vague de promesse. *Quand tout ça sera terminé*, je pensais, *je pourrai arrêter de jouer les difficiles*. Quand il sera à la RADA et que j'aurai quitté la maison. Quand ça sera la vraie vie pour de bon. Alors peut-être. Peut-être. Je testerais vraiment sa patience, à ce moment-là.

– Comment ça se passe entre Kit et Mattie, à ton avis ?

Maman cueillait du thym dans le jardin. Hope a haussé les épaules.

– Ils ont l'air plutôt heureux, de mon point de vue.

– Je ne voudrais vraiment pas qu'elle souffre. Elle a l'air tellement folle de lui.

– C'est l'été. Ça va se terminer quoi qu'il arrive, a dit Hope.

Maman a soupiré.

– Pauvre Mattie.

– Bah, je sais pas. Moi, j'aurais tué pour pouvoir sortir avec un mec comme ça à son âge. Au moins, c'est pas un type de quarante ans déjà marié.

– Quarante ans ? a cillé Maman.

– Ça me semblait très romantique à l'époque.

Je n'avais jamais entendu cette histoire.

– C'est quoi qui était romantique ?

– *Qu'est-ce qui.*

– Qu'est-ce qui était romantique ?

– Tu devrais pas avoir les oreilles qui traînent, m'a dit Hope. Mon prof à l'école de théâtre. Ça a duré un ou deux ans. Mais j'étais plus âgée que Mattie – j'avais dix-neuf, vingt ans.

– Et t'as rencontré Mal après ?

– Je fréquentais toujours le prof quand on s'est rencontrés. J'ai gardé les deux quelques mois.

Elle a eu l'air pensive.

– Je me suis attachée à Mal. Mais ça a pris un peu de temps.

Je n'avais jamais entendu cette version-là de leur histoire d'amour.

– Il a toujours dit que c'était *love at first sight*.

– C'était totalement ça, a dit Mal, qui émergeait de la maison avec d'autres verres.

– Pour lui, pas pour moi.

– Super, merci beaucoup.

Il est re-rentré dans la maison.

– Mais alors qu'est-ce qui t'a fait changer d'avis ?

Maman était en mode grand reporter. Hope a hésité.

– Je sais pas. On s'habitue à tout, comme on dit.

– Et c'est tout ?

Elle a haussé les épaules.

– Qui sait ? Le temps a passé, je ne me suis pas lassée… et puis il était maladivement amoureux de moi.

– *Elle court, elle court, la maladie d'amour*, a chantonné Mal depuis la cuisine.

– Arrête d'écouter aux portes !

– Et un jour je me suis aperçue que la vie sans lui, ça serait vraiment beaucoup moins bien que la vie avec lui.

– Quel romantisme échevelé, a commenté Maman en attachant ses herbes en bouquet.

J'ai réfléchi à tout ça une minute.

– C'est quoi cette face de six pieds de long ?

Mal est ressorti et a fait semblant de me tacler par terre, partant dans une chorégraphie de combat à mains nues avec tous les effets sonores pendant que je tentais de me dépêtrer.

– Dégage, espèce de psychopathe !

Alors Mal a refait toute la scène de *Psychose* avec le couteau, la douche et la musique, et quand j'ai enfin réussi à m'extirper de son film, j'étais hors d'haleine, et je hoquetais d'épuisement et de rire. J'ai relevé la tête et j'ai vu Kit qui nous regardait avec une expression bizarre. Mal l'a vu aussi, et ça l'a fait hésiter une seconde, et puis c'était reparti à nouveau, du Shakespeare et du Fred Astaire à la fois, se lançant dans une danse égyptienne tout en récitant « Être ou ne pas être ».

Hope a secoué la tête.

– T'arrives à croire que je vais épouser ce geek-là ?

N'importe qui aurait voulu l'épouser, s'il avait été libre.

21

Aller au travail, c'était s'échapper. Pas simplement changer de paysage, mais aussi s'extraire de la claustrophobie ambiante de la plage. Le vent de fraîcheur que les Godden avaient apporté au début de l'été s'était infusé de relents aigres, et une anxiété sourdait dans la maison. Ça me gavait. L'été, c'était fait pour s'amuser et pour s'ennuyer, pas pour le chaos et le doute.

Au boulot, je savais que si Lynn était de mauvaise humeur, c'était parce qu'il n'avait pas assez plu sur son potager ou parce que son mari était encore rentré bourré. Denise, qui prenait son service en même temps que moi, avait deux fois mon âge et ce qui l'intéressait principalement, c'était les magazines people. C'était très reposant.

– Regarde ça, elle me disait, dodelinant de la tête, en désignant du doigt telle ou telle star de cinéma. Pourquoi quiconque voudrait sortir avec un addict au sexe ? Si j'avais le choix comme elle, je l'approcherais pas à cent mètres, ce mec.

Comme Kit Godden était ce qui ressemblait le plus à une vraie célébrité locale, Denise et Lynn étaient à fond sur lui. Quand il débarquait dans la boutique, il oscillait maladroitement et bafouillait avec tant de charme que Lynn disait toujours, ensuite :

– On devinerait jamais que c'est quasiment une star lui aussi. Il est tellement naturel.

Le naturel de Kit, c'était une illusion construite avec soin. J'en apprenais beaucoup, cet été-là, et la plupart des choses que j'apprenais, j'avais pas spécialement envie de les connaître.

Quand j'ai dit à Kit que ces dames en pinçaient pour lui, il est venu me retrouver après mon service, a acheté tous les journaux pour Mal, *Passion Cheval* pour Tam, et *Côté Sud* pour Hope parce qu'elle aimait bien les belles maisons.

Kit a bavardé avec Denise un bout de temps du festival de musique dans la ville voisine et de tous les embouteillages et les problèmes que ça causait.

– Mais ça doit amener des clients, non ? a demandé Kit d'une voix qui laissait croire que ça l'intéressait. Tous les touristes en plus ?

– Ils achètent rien ici, juste des trucs chers en ville et des drogues sur place. Ça devrait pas être permis.

Lynn prenait sa voix de bourge spécialement pour parler à Kit.

– Tu flirtes avec n'importe qui, je lui ai dit quand j'ai enfin réussi à le traîner hors du magasin.

– Je flirtais pas.

Il faisait des boucles autour de moi sur son vélo emprunté à Mal.

– 'Tain, Kit, tu peux pas te trouver quelqu'un d'autre à saouler ?

– Je te saoule ?

Il a souri, de son sourire qui s'ouvrait lentement.

– Oui.

– Ce n'est pas mon intention.

J'ai arrêté de marcher.

– C'est quoi ton intention, exactement ? Je demande, parce qu'à chaque fois que je te vois, je me retrouve à ressentir tellement de… de…

Je cherchais le mot juste. *D'humiliation.* Des larmes me sont montées aux yeux et je les ai essuyées d'un revers de main. Quelque part, j'avais conscience qu'il jouerait de mon émotion pour avancer ses pions, mais il y avait aussi en moi un désir, si simple et si fort, qu'il m'embrasse, qu'au moment où on s'est embrassés il ne m'est pas venu la moindre idée de lui dire d'arrêter. On s'est embrassés en plein milieu de la rue, lui toujours juché sur son vélo, les deux mains sur mes épaules. Si je m'écartais, il tombait.

Il a passé la jambe par-dessus la selle de son vélo et de sa main libre il a manœuvré mon corps vers le côté de la route jusqu'à la haie qui cachait le champ, et puis il m'a fait tomber sur lui dans l'herbe et a glissé les deux mains sous ma chemise, le long de la peau douce de mon ventre, et puis c'était peau contre peau et bouche contre bouche, et sa bouche était... mais qu'est-ce que je fabriquais ?

Je savais bien ce que je fabriquais.

Je m'attendais à ce que ça se fasse dans l'urgence, mais il prenait son temps, contrôlait les événements avec un sens précis de ce qu'il voulait et où et pourquoi. Je n'arrivais pas à respirer tellement j'avais désiré et patienté, et enfin c'était à moi. Tellement il était fort pour prouver qu'on pouvait presque mourir de désir et d'impatience.

Après, j'étais là dans le brouillard et j'ai attendu que ma respiration revienne à la normale. Je lui ai tourné le dos, j'ai remonté mon jean et j'ai enroulé mes bras autour de mes genoux, et il m'a touché le visage calmement comme s'il s'était produit quelque chose qui était fini à présent. Mais pour moi c'était impossible d'étancher cette soif-là. J'en avais envie comme un enfant glouton. *Encore, encore, encore.*

Voilà qu'il était debout, main tendue, pour m'aider à me relever.

Qu'est-ce que j'ai fait ? j'ai pensé. *Qu'est-ce que j'ai fait ?*

– Toi, il a dit en m'enlaçant et en murmurant tout près de mon oreille. Toi, tu changes tout.

Ça faisait tellement longtemps que j'attendais ces mots que je m'en foutais qu'ils ne soient qu'un mensonge.

22

Le matin suivant j'ai mis du temps à descendre de ma chambre, et tout le monde était en balade, sauf Hugo, qui était assis sur la terrasse à regarder vers la mer, ses longues jambes par-dessus le rebord, à moitié invisible, occupé à dessiner dans son carnet avec un porte-plume à l'ancienne et une bouteille d'encre noire. Il s'est tourné à mon arrivée et a intercepté mon regard et immédiatement il a su. Son expression n'a pas changé d'un iota, il n'y a pas eu le moindre éclair de dégoût ou de résignation ou de triomphe ; simplement une contraction minuscule des pupilles et une seconde de trop à soutenir mon regard, et puis il est revenu à ce qu'il faisait.

Kit et Mattie ont débarqué alors que j'en étais à la moitié de mon petit déjeuner, suivis par Alex, qui était debout depuis des heures et avait déjà mangé, alors il n'est pas resté. J'ai continué à beurrer mes tartines exactement comme d'habitude.

Je savais maintenant que si je demandais à Kit ce qu'il pensait de Mattie, il dirait qu'elle était trop géniale comme fille. Et moi ? Je savais ce qu'il pensait de moi. Je changeais tout.

Je crois que quand il a dit ces mots-là, c'était vraiment ce qu'il voulait dire, mais pas de la manière la plus profonde qui soit. Je me suis creusé la cervelle pour comprendre. C'était juste comme ça, si ça se trouve, les relations, de nos jours ? Un sentiment quelconque, avec n'importe qui ? Je ne voulais pas avoir l'air de ne pas comprendre les règles.

Peut-être qu'il avait simplement besoin que tout le monde l'aime. Même moi, je n'avais pas besoin d'autant d'amour. *Même Mattie*, j'ai pensé, *même elle, elle n'en a pas besoin.*

J'ai relevé les yeux de mon petit déjeuner et j'ai vu qu'il tenait toujours la main à Mattie, buvant son café de l'autre main et me fixant avec un petit sourire. Quand ma sœur est entrée dans la maison pour aller chercher du lait, il s'est penché plus près.

– Ne te prends pas la tête à ce point, il m'a dit d'une voix qui a fait tressaillir mon corps entier. Je vois ta cervelle qui commence à fumer.

– Va te faire foutre.

Il a ouvert un grand sourire.

J'avais oublié la présence d'Hugo, mais soudain je l'ai remarquée à nouveau. Il s'est levé pour partir, a soigneusement vissé le capuchon sur sa bouteille d'encre et a récupéré ses dessins. Il n'a regardé aucun d'entre nous en passant, et on ne lui a pas trop prêté attention non plus, alors quand il a agité son porte-plume, éclaboussant le dos de la chemise blanche de Kit d'une comète d'encre noire, personne ne l'a remarqué, sauf moi.

– Qu'est-ce qu'on fait aujourd'hui ? a demandé Mattie en se rasseyant.

– Je me dis que je vais aller aider Mal à apprendre son texte, a dit Kit. Hope a raison, il est nul. C'est le moins que je puisse faire.

Mattie a fait la moue.

– Ah, elle a dit.

Kit l'a attrapée par la taille et a enfoui son nez sous ses vêtements en grouinant comme un porc jusqu'à ce qu'elle ricane et le repousse.

– Viens avec nous faire le rôle d'Ophélie ! Tu seras géniale.

Mais ce n'était pas ce qu'elle cherchait. Elle a dit qu'elle préférait aller en ville avec Maman.

– Je vais pas faire Ophélie non plus, au cas où tu comptais me demander.

Il m'a fait un sourire.

– Allez, vas-y !

Mattie était furieuse qu'il ait été sur le point de me demander.

– Tu sais pas ce que tu rates, il a dit en se levant.

Et puis il est parti chez Maléhope d'un pas ectoplasmique.

Mattie avait les larmes aux yeux, mais elle s'est détournée avant que je ne puisse dire quoi que ce soit. Et qu'est-ce que j'aurais dit ?

J'ai réintégré ma tour de garde et mon lit. La journée était chaude et calme ; la température grimpait et grimpait. Il aurait fait plus frais sur la plage, mais j'avais trop chaud pour bouger, alors, dans un demi-sommeil, j'ai pensé à Kit et à ses mains fraîches, expertes. Je savais qu'il ne ressentait pas pour Mattie ce qu'il ressentait pour moi, Mattie était trop jolie et trop simple. Il venait à moi pour quelque chose de flou, de sombre, de magnétisant. C'était ce que je me disais.

J'ai entendu un toctoc discret à la porte, si doucement d'abord que je ne savais pas si on frappait vraiment ou si c'était quelqu'un dans l'escalier. J'ai ouvert, pas super enthousiaste qu'on me dérange.

Surprise ! Hugo.

– Qu'est-ce que tu fous ?

Il était furieux.

– Qu'est-ce que ça peut te faire, ce que je fous ?

On s'est regardés plus longtemps qu'il n'était agréable.

– Tu devrais savoir que c'est pas une bonne idée, il m'a dit enfin.

– Ah oui ? Je devrais ? Et ton frère, il devrait pas prendre ses responsabilités pour son comportement ?

– Si, de toute évidence.

De toute évidence ? J'étais là, les mains sur les hanches, à le fixer du regard. Dans une incertitude soudaine.

– Qu'est-ce que c'est censé vouloir dire, ça ?

– Que c'est un connard. C'est ça que ça veut dire.

Je l'ai fixé du regard.

– Les gens tombent amoureux de lui. T'as pas remarqué ?

Si, bien sûr que j'avais remarqué, mais je n'avais pas envie d'entendre ça de la bouche d'Hugo.

– En quoi ça te concerne, ce que je fabrique de mon côté ?

Hugo a cillé tout à coup. Ses yeux se sont assombris et un nuage est passé sur toute son expression.

– Tu comprends *rien à rien*, je me trompe ? il a demandé. J'essaie de t'aider et, si t'étais pas aussi *bête*, tu comprendrais.

Son regard s'est reporté sur le mur derrière moi, où j'avais épinglé mon grand dessin du cormoran mort. Hugo l'a fixé quelques instants, puis il s'est retourné et il a quitté la chambre, semblant se débattre des deux bras dans l'air vide pour atteindre la porte. Je ne l'ai pas revu émerger à la plage depuis la fenêtre. Soit il était en train d'attendre dans la cuisine pour me faire flipper, soit il s'était évaporé.

J'ai descendu les escaliers en trombe.

– Hugo !

Alex a jeté un œil par-dessus son écran d'ordinateur.

– Pas d'Hugo dans les parages.

J'avais envie de taper du pied par terre tellement ça me frustrait. Aucun signe de lui à l'extérieur de la maison. Ni à l'intérieur. C'était quoi exactement son truc, il se métamorphosait ou quoi ? J'ai couru le long du chemin jusqu'à chez Maléhope, mais aucun signe de lui là-bas non plus.

– Désolée, trésor, a dit Maman.

– Tu veux du gâteau ?

Hope m'a tendu une assiette de tarte aux pommes.

J'ai claqué la porte et j'ai fait le chemin inverse jusqu'à la maison, tombant sur Mal au passage, qui revenait de la plage.

– Quoi de neuf ? il m'a demandé, les sourcils froncés.

– Rien.

– Raconte-moi, il m'a dit en m'entraînant loin de la maison.

– Ces putain de frères Godden.

– Ah.

J'ai remué la tête comme pour en déloger les mots.

– Hugo, il est impossible. Je sais pas comment être pote avec lui, ou même si ça vaut la peine d'essayer. Parfois j'ai l'impression que je l'aime bien, et parfois... il m'exaspère à un point !

Mal a hoché la tête.

– Mais encore ?

Il n'y avait rien que je puisse lui dire au sujet de Kit.

– Kit... j'ai commencé.

Et puis j'ai fermé les yeux. Je ne savais pas ce que je pouvais dire.

Mal est resté silencieux une minute.

– Imagine que t'aies Florence Godden comme mère.

– Non merci.

– Et aucun père à la ronde. On t'envoie à l'école, on te traîne de pays en pays, on te laisse des mois avec des gens que tu ne connais pas… C'est pas terrible comme manière d'apprendre les relations sociales.

– C'est peut-être des sociopathes.

Mal a haussé un sourcil.

– Un peu dur de dire ça.

J'ai contemplé mes pieds.

– Et Kit ?

– Quoi, Kit ?

Je m'entendais. Ça sonnait furieux.

Il m'a jeté un long regard.

– Il y a quelque chose que tu ne me dis pas ?

Ma mâchoire était vissée en place. J'aurais rien pu dire, même si j'avais voulu. On a marché un petit moment.

– C'est comme s'ils s'étaient construits en opposition l'un à l'autre, a dit Mal. La lumière et l'obscurité.

Il s'est interrompu assez longtemps pour que je me demande qui était qui dans cette interprétation. Et puis :

– Je veux même pas savoir comment ils en sont arrivés là.

Mal s'est arrêté et a fixé mon visage.

– T'es pas…

Je l'ai pas aidé.

– T'es pas… Tu n'as pas… Tu veux me donner un peu plus d'infos, là ?

Non, je voulais pas. C'était déjà pathétique que Mattie n'arrive pas à demander à Kit pourquoi il la laissait en plan ; je n'allais pas en plus raconter mes histoires de cul avec un sociopathe dans un champ.

J'ai soupiré.

– C'est juste que tout a l'air hyper compliqué tout à coup. L'été, avant, c'était fun.

Mal a hoché la tête.

– Je comprends ce que tu veux dire. Je suis désolé que ça se soit passé comme ça.

Il a posé sa main sur mon épaule.

– Mais tu vas t'en sortir. T'as les neurones bien en place et la force et le talent qui vont avec.

Il a tenté de croiser mon regard.

– T'es une totale merveille.

Franchement, j'avais déjà eu ma dose de merveille. Je l'ai laissé, pour me diriger vers la mer. Il n'a pas suivi. La marée était basse et une poignée de gens traînaient encore sur le sable en pente douce. Il n'y avait presque personne dans l'eau – trop peur des contre-courants et des effets de baïne pour laisser leurs gamins se baigner sans surveillant de plage. J'ai arraché ma chemise et j'ai plongé. Le choc m'a vidé la tête. J'ai flotté, ballottant au gré des vagues, et puis j'ai longé la côte dans le sens de la marée, de mon crawl basique, jusqu'à ce que je fatigue trop pour continuer. Le retour a été beaucoup plus difficile, pendant longtemps j'ai à peine avancé, et enfin j'ai réussi à rejoindre le banc de sable, au bord de l'épuisement. Quand j'ai atteint un mètre de profondeur, j'ai laissé mon corps dériver, flotter et tournoyer au rythme des vagues. Une fois mon corps suffisamment reposé, j'ai grimpé sur la plage pour me laisser sécher sur le sable tiède.

C'était le meilleur moment de la journée, quand les adultes reviennent d'un pas lent vers les maisons pour se boire un gin, et que les familles s'apprêtent à dîner, mais que le soleil est toujours chaud.

Existe-t-il plaisir plus parfait que d'aller doucement du froid vers le chaud ?

À plat dos sur le sable, j'ai rêvassé de Kit, de ses mains sûres et de son sourire lent, et j'ai entouré mes pensées de fils de fer barbelés pour en exclure Hugo et Mattie.

Quand des gens expriment de la nostalgie pour leur jeunesse, je soupçonne toujours qu'ils s'en souviennent assez mal.

23

Plus que deux semaines d'été.

– Après-demain, la Grande Virée en Voilier, a dit Papa. Mal, Kit et moi. Départ à l'aube, autour de la pointe, ne nous attendez pas avant la tombée de la nuit.

– Et ne nous attendez pas sobres, a dit Mal.

– Pourquoi Kit a le droit d'y aller et pas moi ?

Alex était furieux.

– Il est même pas de la famille !

– L'année prochaine, a dit Mal.

Mais ça ne calmait pas Alex.

– Tu me rappelleras bien de devenir le playboy de service, il a dit, et il est parti en furie.

Mais finalement Papa n'y est pas allé. Le haras a appelé cet après-midi-là pour dire que Tam était aux urgences pour un bras cassé. Papa et Maman ont attendu des heures avant d'obtenir une radio, qui a révélé une fracture pas belle ; ils comptaient la garder pour la nuit et opérer le jour suivant. Tam était stoïque, mais le matin d'après, l'attente et la douleur avaient eu raison d'elle et elle a pleuré et pleuré jusqu'à ce qu'ils l'anesthésient pour l'opération. Maman est restée à l'hôpital pendant que Papa rentrait à la maison pour récupérer des vêtements et quand il est revenu il l'a trouvée toute groggy de l'anesthésie, un bras dans le plâtre. Maman était tendue et fatiguée, mais après tout, elle a dit, c'était juste un bras cassé.

Côté plage, Mal et Kit ont décidé de faire la virée à deux parce que c'était pile poil les bonnes marées, et s'ils attendaient Papa ils rateraient le moment.

– Allez-y, a dit Papa au téléphone, vous en faites pas pour moi. Je vais emprunter des médocs à Tam pour m'amuser.

Mattie a fait une tentative pas hyper agressive pour s'inviter sur le bateau, mais Mal l'a repoussée en disant : « C'est un truc entre mecs », et lui et Kit ont chacun passé un bras autour de sa taille et lui ont fait des bisous jusqu'à ce qu'elle s'écroule de rire, et puis Kit l'a ramassée par terre et l'a embrassée à nouveau, devant tout le monde, ce qui l'a rendue tellement heureuse qu'elle s'en fichait finalement qu'on la laisse sur le bas-côté.

J'avais raté le baiser en question, mais j'en ai entendu parler par Alex, parce que Radio Plage fonctionnait à plein régime pour informer les foules.

Mal et Kit sont partis tôt le matin par un courant favorable dans le chenal. Le cocktail de vent et d'eau les a fait décoller à toute blinde.

– Ça va être méga galère pour le retour, a déclaré Alex.

Il avait d'excellents instincts question forces naturelles, alors personne ne l'a contredit.

– Kit dit qu'il sait naviguer, mais je suis pas convaincu. Et Mal est surtout doué pour faire l'équipage. Ça va leur manquer de ne pas avoir Papa à bord. Il ne coince jamais le bateau.

Après leur départ, tout semblait silencieux et un peu plat. Ça montrait très clairement à quel point le ministère de l'ambiance (et des machinations, de la trahison et du sexe) dépendait de Mal et de Kit. Sans eux, la vie sonnait étrangement creux.

Tam est rentrée de l'hôpital tard dans l'après-midi, et a comblé le vide avec ses histoires de chute, d'ambulance, et sa colère qu'on lui interdise de monter pour tout le reste de l'été. Elle était censée être plâtrée huit semaines, avec de la kiné après pour s'assurer qu'elle conserverait l'usage intégral de sa main. Personne n'a vraiment imaginé qu'elle resterait à distance de l'écurie, mais Papa l'a menacée de conséquences si terrifiantes que j'ai presque admiré Tam par avance d'y désobéir. J'ai deviné qu'elle serait de retour sur le dos de Duke quelques jours, voire quelques heures plus tard, au risque de se blesser encore, ou de se faire amputer, ou pire.

Le dîner a été assez décousu, à l'intérieur, parce qu'il commençait déjà à faire froid le soir et septembre se profilait à l'horizon de l'été. Alex a échoué à lancer une partie de cartes, Mattie avait les larmes aux yeux (à nouveau), et moi j'ai un peu fait le pied de grue sur mon balcon-de-la-veuve à regarder par le télescope si les marins revenaient. J'ai fini par m'ennuyer. Non, pas m'ennuyer, déprimer.

C'est bien après la tombée de la nuit que Kit et Mal sont rentrés. Ils ont affirmé qu'ils étaient trop épuisés pour en parler.

Trop épuisés pour parler de la Grande Virée ? C'était sans précédent. Tout l'intérêt de la Grande Virée, c'était ce qui venait ensuite, on refait le match, on autopsie, on accuse : qui avait été trop nul pour hisser le spinnaker, qui était incapable de naviguer droit, qui avait oublié de vérifier si le pub était fermé entre quinze et dix-sept heures.

Mais rien de tout ça, ou presque. Kit est rentré direct chez Maléhope, prétextant un mal de tête foudroyant, peut-être une insolation, alors qu'il n'y avait pas eu tant de soleil que ça. Mal est allé tout droit dans la chambre de Tam pour lui présenter ses vœux de rétablissement, puis il est resté prendre un verre en écoutant les histoires d'horreur hospitalière de Papa. Mais il était étrangement silencieux sur le grand sujet du jour. Papa a tenté de lui extraire des infos, mais sans résultats, et puis de toute façon ces deux derniers jours n'avaient pas été exactement faciles. Ça se voyait qu'il était fatigué.

Qu'on se démène pour connaître le fin mot de l'histoire semblait juste énerver Mal.

– Ça s'est pas mal passé, il a dit. Pas vraiment le moment idyllique que j'avais en tête. Kit, c'est pas un grand marin, il galérait avec les marées, et le vent est complètement tombé quand on a atteint la pointe, alors on a fait du sur-place, on n'est pas arrivés au pub avant seize heures. Ça a pris deux fois plus de temps que nécessaire de revenir, et en plus il a plu, et quand on a perdu le soleil il a commencé à faire putain de froid.

Fin.

Cet aperçu de la journée composait un récit bien tristounet, pas blindé des anecdotes hilarantes qu'on aurait pu attendre de Mal, sans parler du duo Mal-Kit. C'est difficile d'expliquer à quel point c'était décevant, vu que c'était le grand événement de l'été, et qu'on attendait tous l'histoire, qu'on espérait qu'ils nous parlent d'hommes à la mer et de mutinerie – que ce soit vrai ou faux, aucune importance.

Maman a demandé plus tard si on pensait que Mal et Kit s'étaient engueulés, ce qui ne m'était pas venu à l'esprit mais aurait pu expliquer qu'ils s'étalent peu sur l'affaire. C'était compliqué d'imaginer Kit perdant son sang-froid, mais l'éternellement adorable Mal pouvait se montrer un chouïa tyrannique à bord d'un bateau, comme presque tous les marins que j'ai rencontrés dans ma vie. Et j'imagine qu'il n'aurait pas mentionné tout ça dans son rapport. Je me suis dit que la vraie version finirait bien par sortir, mais en attendant il y avait quelque chose dans le récapitulatif de Mal qui perturbait tout le monde.

Le matin suivant était humide et gris, et l'ambiance crasseuse. Encore une journée de nuages et de mauvaise humeur – j'avais envie d'aller me cacher quelque part, de préférence pour toujours, alors j'ai regagné mon lit jusqu'au début de l'après-midi. Alex n'arrêtait pas de m'envoyer des textos pour me convaincre de venir nager, faire un tennis, regarder Chauve-Souris TV, cuisiner. J'ai éteint mon portable.

Enfin, la faim a eu raison de moi. Quand j'ai vu qu'Alex ne réagissait pas à mes messages lui commandant une assiette, j'ai remis mes vêtements de la veille et j'ai descendu les escaliers. Il était presque quinze heures et la maison faisait vide. Personne alentour ; un soulagement d'ordinaire, mais ce jour-là, ça intensifiait la morosité.

Il y avait du fromage dans le frigo, et du pain, alors j'en ai balancé quelques tranches sur une assiette avec deux ou trois tomates et puis j'ai rampé à nouveau à l'étage, grimpé l'échelle jusqu'à la tour et pris place sur le balcon-de-la-veuve pour observer les environs.

Même quand il fait gris, la plage est belle. Une couche de nuages lisses flottait juste au-dessus de la mer comme un couvercle de tupperware. Des chardons, du fenouil, des queues-de-rat dardaient sur la plage, et des grappes de petits étourneaux étouffaient les fils téléphoniques. De l'autre côté de l'allée, on voyait huit ou neuf jeunes taureaux dans un champ, certains allongés par terre, d'autres debout, occupés à brouter. Et loin vers la droite, il y avait la vieille ferme, avec deux chevaux de trait dans la prairie, que la brume teintait de gris.

Les gens qui promènent leur chien, on sait bien que le crachin, ça leur fait pas peur, et j'en distinguais quelques-uns – une femme solitaire avec un petit chien, une autre avec deux collies, un homme plus âgé avec un épagneul. Et puis plus loin encore, deux hommes, accompagnés de quelque chose de la taille et de la corpulence d'un basset.

J'ai attrapé mon télescope, et même si je n'arrivais pas à distinguer les visages à cette distance-là, c'était de toute évidence un basset et c'était incontestablement Mal et Kit, à presque un kilomètre de la maison.

Je n'avais presque pas vu Kit ces jours-ci. Il n'était même pas venu au magasin acheter du lait, encore moins flirter, ou pour un brin de sexe au bord de la route. C'était comme si notre petite rencontre comptait tellement peu pour lui qu'il avait tout oublié.

De notre point de vue, Kit avait disparu sous terre. Ce que je me racontais pour expliquer son comportement, c'était tout simplement le parfait tome 2 à ce que Mattie s'imaginait de son côté. Quand je l'ai vu avec Mal, j'ai d'abord ressenti une pointe de soulagement : Mal lui remonterait les bretelles question sexe et relations sociales. Mal, c'était l'idéal – le grand sage pour la jeunesse, ses souvenirs de sexe et de stratégies toujours intacts. Je me demandais s'ils parlaient de moi.

J'ai continué à regarder un bout de temps, mais il n'y avait rien à voir.

Une conséquence étrange de mon obsession partagée avec Mattie, c'était le désir inarticulé (plus de ma part que de la sienne) d'être dans le même espace qu'elle. Ça rendait Mattie perplexe ; elle n'arrivait pas à comprendre ce qui nous rapprochait tout à coup. Sans les années d'éloignement qui avaient précédé, on aurait pu sauter sur l'occasion de se trouver des intérêts communs.

Je l'ai entendue rentrer un peu plus tard. Impossible de ne pas l'entendre. Elle avait beau être charmante à regarder, elle marchait comme un sumo.

J'ai descendu les escaliers en silence, pour lui faire peur.

– Ils sont où, tout le monde ? j'ai demandé, et elle a sursauté.

– Je sais pas et je m'en fous.

OK. J'ai plongé sur le canapé et j'ai fait semblant de lire.

Le temps est passé. On attendait qu'il arrive quelque chose.

Et enfin il est arrivé quelque chose. L'éternel joker, Hugo.

24

Il restait dix jours avant le mariage, et tout à coup j'ai compris le danger de donner à l'été une destination finale. C'était devenu une course d'obstacles, et quoi qu'il arrive le long du chemin, peu importaient les drames, la seule chose que tout le monde avait en tête, c'était la ligne d'arrivée.

Avec ça à l'esprit, et l'étrange atmosphère qu'on aurait été bien en peine de définir, on n'était pas vraiment d'humeur à faire le tournoi de tennis. Mais c'était un événement annuel tellement établi que personne n'a osé suggérer de l'annuler.

Tout le monde a joué, il n'y a pas eu de poules, on a organisé les matchs par tirage au sort et les enjeux étaient à peu près aussi bas que possible.

La seule autre personne à avoir joué contre Hugo, c'était Alex, qui passait son temps à implorer qu'on joue avec lui, mais qui jouait tellement mal que personne ne voulait perdre son temps. Il y avait eu quelques soupçons qu'Hugo le coachait, mais aucun coaching au monde n'aurait pu faire d'Alex une vraie menace.

Kit avait échangé quelques sets avec Mal et Mattie, mais la qualité de son jeu était davantage une rumeur qu'un fait établi. Moi, je le sentais instinctivement, quand même, sans parler de mon expérience directe de sa force et de sa dextérité. J'avais plus ou moins deviné qu'il savait jouer.

Hugo a d'abord refusé de participer, mais Tam et Alex s'y sont mis à deux pour le harceler quasi jusqu'à la mort, et en fin de compte Maman l'a pris à part pour lui dire deux mots, qui étaient sans doute du genre « On aimerait vraiment que tu prennes part au tournoi », en mettant bien l'accent sur le *vraiment*, avec le ton de voix qu'on utilise normalement pour conscrire des soldats.

Les premiers tours se sont joués un week-end, un set par paire, les deuxièmes tours le samedi suivant, deux sets et tie si nécessaire, et la finale aurait lieu le lendemain, dimanche. La semaine entre les deux, c'était pas pour se reposer, c'était juste pour s'assurer que ceux qui travaillaient à Londres pourraient participer, même si les gens avec un vrai boulot se faisaient rares ces jours-ci.

Le premier tour s'est passé comme ça : Maman a joué contre Mal et perdu. Alex a joué contre Hugo et perdu, un match empreint d'une joie incomparable. Même Hugo a semblé y trouver du plaisir, et c'était pratiquement la première fois que je l'ai vu trouver du plaisir à quoi que ce soit. Alex lui envoyait des balles au pif, échouait quasi une fois sur deux à les toucher en retour, et le reste il les réexpédiait à fond n'importe où, mais Hugo les lui retournait quand même en faisant semblant d'y mettre un effort considérable, alors Alex a cru pour de vrai qu'il avait bien joué.

Tamsin était hors service, alors Mattie a aussi joué contre Alex, qui réclamait une deuxième chance. Leur match aurait pu être un combat de boxe, vu la douceur et la délicatesse du truc, et Mattie a battu Alex sans équivoque. Papa a perdu contre Hope, une défaite surprise, et puis il restait seulement moi contre Kit.

Le tennis, on le sait, c'est pas mon sport. Le sport, en fait, c'est pas mon sport. Alors quand j'ai pris position de l'autre côté du court par rapport à Kit, en face de son mètre quatre-vingt de muscles luisants et de vitesse, je savais que le mieux à faire, c'était de perdre avec grâce.

Je n'avais aucune intention de perdre avec grâce.

À la place, j'ai joué chaque balle comme une grenade, j'ai visé sa tête, j'ai fait des revers tout droit en direction de son bas-ventre, j'ai vociféré qu'il avait mis des balles dehors alors que c'était clairement pas le cas. Des jours et des semaines de frustration sexuelle et de fureur guidaient ma main. Pas un instant je ne me suis dit que mes tactiques fonctionnaient, mais je m'en foutais.

– Ého, poussin, a crié Papa depuis le côté du terrain. On est pas à la finale de Wimbledon.

– Encore heureux, a dit Kit qu'aucune balle n'avait fatigué.

Jusqu'à ce que je me retrouve face à lui sur le terrain de tennis, je n'avais pas pris conscience de ma colère. Il avait l'air déconcerté et un peu agacé par le niveau d'agressivité à son égard, et ma colère n'a fait qu'augmenter quand j'ai réalisé qu'il n'avait aucune idée de pourquoi je m'énervais comme ça.

J'ai perdu absolument chaque point, même s'il m'a permis de jouer quelques échanges jusqu'au bout, probablement juste pour voir s'il arrivait à garder la balle en jeu. Dieu sait que c'était pas rapide comme tennis, mais sa gestion du jeu était tellement bonne qu'un scénario a commencé à se former dans ma tête pour m'empêcher de perdre avec honneur.

J'ai jeté un coup d'œil aux spectateurs et j'ai attrapé le regard d'Hugo. Il pensait exactement à la même chose que moi. Et l'air sur son visage était de terreur absolue.

Quand le jeu s'est terminé (six-zéro), j'ai quitté le terrain sans regarder en arrière. Pas question de serrer la main au-dessus du filet, pas de blagues, pas de courbettes à la foule, pas de déclarations d'injustice ou d'exigence de rejouer. Kit a juste haussé les épaules, comme pour dire *j'ai aucune idée de ce qui vient de se passer*. Les spectateurs ont eu l'air perplexe, sauf Mal, qui s'est détourné.

On est rentrés dîner et, quand Kit a essayé de mettre son bras autour de ma taille, je l'ai esquivé pour me percher à côté de Hope.

Après, Hugo est resté silencieux, étrange, alors que le jeu lui avait assuré une solide alliance avec Alex. Il encourageait mon frère depuis le début, il lui avait dit qu'il avait du potentiel et il lui avait proposé de le coacher. Alex était plus intéressé par les chauves-souris que par les balles, mais comme c'était le membre de la famille qui avait le moins de chance d'attirer l'attention, qu'on lui dise qu'il avait un talent particulier, qu'on blague avec lui, la proposition d'Hugo lui avait fait immensément plaisir. L'idée qu'on s'était tous trompés sur le compte d'Hugo m'était venue à l'esprit quelque temps auparavant, mais je l'ai regardée s'enraciner chez le reste de la famille. Maman en particulier, qui avait été trop occupée pour vraiment remarquer Hugo, avait l'air pâlichon de quelqu'un qui regrette, et elle a fait un effort spécial pour être gentille.

Il était toujours entièrement possible qu'il se lève et quitte la scène à n'importe quel moment, sans dire quand il reviendrait, ni même *s'il* reviendrait, mais je commençais à m'habituer à sa bizarrerie. Sa plus grande qualité, c'était qu'il se fichait d'où on était ou de ce qu'on faisait quand on passait du temps ensemble ; il apportait juste un carnet ou quelque chose à lire et il pouvait rester tranquille, sans un mot, pendant des heures.

Parfois j'oubliais complètement son existence, et ça me prenait par surprise quand je me relevais et que je l'apercevais toujours là.

C'était bizarre comme relation, un peu comme celle que j'avais avec Gomez, en moins bavard.

Maman disait qu'elle était contente qu'on s'entende mieux. Kit restait à distance. J'avais beau être en colère, ça me manquait qu'il n'essaie pas de me séduire.

Les préparatifs du mariage allaient bon train. Maman et Hope ont fait un essai avec des tables à tréteaux et des chaises pliables de location ; les nappes vertes et bleues faisaient un effet fabuleux dans l'herbe folle, avec la mer en fond. Hope voulait autant d'ingrédients locaux que possible, alors ils ont passé des jours à arpenter les marchés du coin. Elle a trouvé une ferme de lavande et d'herbes, gérée par deux femmes qui avaient autrefois travaillé dans la finance, un chef spécialisé dans les cours de cueillette sauvage, et une ferme de framboises et de fraises à ramasser soi-même, à quelques kilomètres à peine. Toutes les recettes étaient testées sur nous, alors on a pu s'écharper sur nos préférences.

Au dîner, Hope demandait toujours à Mal comment ça avançait, son texte, et Mal nous en déclamait toujours un échantillon. On commençait à bien connaître *Hamlet*.

– *Au couvent, toi !* a dit Mal à Hope. *Pourquoi voudrais-tu engendrer des pécheurs ? Je suis moi-même normalement honnête homme, mais pourtant je pourrais m'accuser de telles choses qu'il eût mieux valu que ma mère ne m'ait jamais porté.*

– Quel genre de choses ? s'est inquiétée Hope. Je devrais être au courant ?

Mal lui a envoyé un baiser. J'ai jeté un coup d'œil à Kit, qui s'étalait sur Mattie.

Tamsin se glissait parmi nous presque toujours en retard. Malgré son bras cassé, elle passait plus de temps que jamais au haras, grâce à son nouvel ami, un mec, en plus, qui s'occupait d'un gros hongre alezan prénommé Bilbo, et qui aimait bien qu'il y ait quelqu'un dans les parages (Tamsin) pour admirer ses sauts.

– Et j'admire, elle a expliqué, parce qu'il est incroyable.

Le cheval ou le garçon ?

Tam tentait de couper une cuisse de poulet d'une seule main, en stabilisant la viande avec son plâtre.

– Qu'est-ce qui te stresse le plus ? elle a demandé à Mal. Le mariage ou la pièce ?

Mal a froncé les sourcils.

– À ton avis ? Qu'est-ce qui pourrait être plus stressant que d'épouser l'icelle gourgandine ?

– De toute façon, c'est juste une pièce, a dit Mattie, et Hope a pâli.

– Oh mon Dieu, ne dis *jamais* ça d'*Hamlet*.

Alex a ricané jusqu'à ce que Tamsin lui file un coup.

– Mattie, comment ça se fait que plus tu vieillis, plus tu deviens ignorante ?

Mal avait l'air sincèrement blessé. Après avoir attendu une réponse qui n'est jamais venue, il s'est levé et il a quitté la table. C'était tellement différent de son comportement normal qu'on a tous été un peu éberlués. Hope l'a suivi, et elle est revenue une minute plus tard.

Maman a soupiré.

– Il est un peu à vif ces derniers temps, non ?

– Cette pièce le terrorise véritablement.

Kit avait les bras autour de Mattie, qui faisait la moue mais ne semblait pas paralysée par le remords.

– Je lui jette pas la pierre, a continué Kit. Et en plus de tout ça, le mariage. Le timing n'est pas idéal.

– Eh bien tu m'en vois *désolée*.

Hope a jeté un regard furieux à Kit, et c'est l'une des seules fois où je l'ai vue en colère.

– C'est quand même une plaie que notre mariage fasse obstacle à la carrière de Mal.

– Je voulais juste dire, a répondu doucement Kit, que ça doit être dur de profiter du plus beau jour de sa…

– Te fatigue pas, a rétorqué Hope, et elle a quitté la table.

Maman s'est levée et a commencé à débarrasser les assiettes.

– Ne t'en fais pas.

Elle a posé sa main sur l'épaule de Hope.

– Les mariages, ça a tendance à perturber les gens.

– Kit a tendance à perturber les gens, a murmuré Alex.

J'ai regardé Hugo. Son visage était rouge et il vibrait comme une corde de guitare. Ça me faisait peur, cette violence qui le traversait occasionnellement.

Le ciel au-dessus de la mer était clair et pâle mais dans l'autre direction il avait presque viré au vert-noir. J'ai donné un petit coup à Hugo.

– Viens, on se barre.

Il s'est faufilé à ma suite vers la mer et on s'est assis sur le sable. On n'a pas parlé, ni l'un ni l'autre, mais il a eu l'air de se détendre un peu en ma présence. Quand ça a commencé à crachiner, il s'est levé et il est rentré à la maison, alors j'ai commencé à marcher le long du chemin derrière les marais, en solo, pour déboucher à l'extrémité des maisons, là où de grands buissons d'aubépines et de pruniers de Damas ébouriffés abritent du vent les champs juste derrière. Les arbres faisaient des constellations étranges, denses, mais avec des creux au niveau du sol ; parfait pour ce qu'on imaginait être, enfants, des terriers confortables pour les renards et les blaireaux. Quand le crachin s'est transformé en pluie, j'ai rampé jusqu'au cœur d'un arbuste. Je n'avais pas fait ça depuis dix ans. C'était étroit, là-dedans, mais sec. Un bon endroit où attendre la fin d'un orage.

J'ai regardé la pluie goutter de l'aubépine, et frissonné un peu dans mes vêtements humides. Je rentrerais à la maison dans quelques minutes enfiler quelque chose de sec.

Les derniers rayons du soleil s'extirpaient péniblement de la couche de nuages et des voix ont flotté jusqu'à moi depuis le champ voisin. Elles se sont rapprochées et j'ai fait silence, en sécurité dans mon buisson.

Des voix. J'ai reconnu celle de Mal. Connard d'Hamlet.

– *Pour quelle raison m'utilisez-vous de la sorte ? Je vous ai toujours aimé ; mais peu importe. Qu'Hercule lui-même fasse ce qu'il désire, le chat toujours miaulera, et le chien passera sa…*

Et puis j'ai entendu :

– Mal… Mal… Oh mon Dieu, Mal.

Ensuite, le silence. Non, pas tout à fait le silence. Pas du tout le silence.

Je ne voyais rien. Je ne savais pas exactement ce que j'entendais.

Qu'est-ce que j'entendais ?

Non, j'ai pensé. *Impossible. Pas ça.*

25

Ma sœur n'a plus jamais été aussi belle que cet été-là. Toute sa vie, les gens ont continué à remarquer sa beauté, mais pour moi elle n'a plus jamais été la même. Quelque chose s'était effondré.

Pendant des siècles, ou du moins c'est l'impression que ça m'a fait, personne n'a rien su. J'ai douté moi-même. Qu'y avait-il à savoir ? Rien, peut-être. Les heures passaient, et je me faisais des nœuds au cerveau, pour arriver à une conclusion à laquelle je ne croyais pas moi-même.

Alors que je me débattais avec mes doutes, Hugo dessinait, Maman cousait, Hope lisait, Mattie faisait les cent pas. Je voyais Mattie passer en revue toutes les options dans sa tête, désirant follement être celle que Kit aimait, pas seulement celle qu'il aimait bien parfois. Cette personne-là n'avait aucune valeur.

Au bout du compte, même sa manière de marcher avait l'air cassée.

Je ne savais pas quoi faire. Je savais à peine ce que je savais.

Il y avait toujours Hugo. D'abord je l'ai évité, de peur qu'il ne me confirme ce que j'avais entendu. Hope m'a demandé ce qui n'allait pas et j'ai déclaré que je m'inquiétais pour Mattie. Elle m'a jeté un coup d'œil, a soupiré, et n'a rien dit.

J'ai cherché des regards lourds de sens, des œillades, des mains frôlées. Rien.

Durant un jour ou deux, le monde était une galerie des glaces, agité de reflets tordus, de trahisons, d'incertitudes, de fausses intentions, d'écrans de fumée. De méchants qui souriaient. De folles jeunes filles en pleurs.

Quand je prenais mon télescope pour scruter la plage, il se dirigeait vers les buissons d'aubépines, de son plein gré, semblait-il. Est-ce que j'y distinguais une silhouette ? Deux silhouettes ? Le télescope me brûlait les doigts. Je le jetais sur le lit.

J'ai coincé Hugo dans la cuisine de chez Maléhope.

– Tu m'évites ?

– Oui, il m'a dit, et contre toute attente ça m'a fait rire.

– Il se passe quoi ?

J'ai bloqué la porte pour qu'il ne puisse pas s'échapper.

Et le revoilà, le regard que j'avais vu pour la dernière fois au bout de la lentille de mon télescope. Les yeux intenses, qui ne cillaient pas. Il n'a rien dit.

Je lui ai attrapé le bras et son expression s'est durcie. *Oui*, j'ai pensé, *je sais bien, putain, que tu détestes ça quand on t'agrippe. Perso, j'aime pas les mensonges, les trahisons, le bordel émotionnel, le chaos – mais tu me vois me plaindre, moi ?*

Il a inspiré profondément.

– Il y a quelque chose qu'il faut que je te raconte, il m'a dit.

J'ai attendu, dents et poings serrés pour accuser le coup de ce que j'allais entendre. *Allez, accouche*, j'ai pensé. *Parle, vas-y.*

J'ai attendu.

Il a dit :

– Le truc, c'est que...

Et sans savoir pourquoi, j'ai ressenti une énorme vague d'affection pour lui, qui était si maladroit et si purement lui-même. Il était beau, ce frère, une oasis dans le désert, un paysage suspendu à l'envers dans une nappe de chaleur. C'était Hugo, la vérité.

– L'été dernier…

L'été dernier ? J'ai attendu.

Hugo a commencé à parler sans lever les yeux.

– On a passé l'été dernier sur la côte au nord de Rome avec un ami réalisateur de ma mère – Antonio, il s'appelait – et sa nouvelle femme, Giulia. Je crois qu'entre Florence et lui, il s'était passé quelque chose il y a longtemps. La villa était immense, quinze chambres au moins. Des membres de la famille éloignée allaient et venaient en permanence. Il y avait des cuisiniers et des domestiques, des dîners pour vingt tous les soirs. Je n'avais jamais rien vu de pareil. Kit a fait comme chez lui, il a pris la barque dans la baie pour aller nager, il a joué au tennis tous les matins, il a fait ami-ami avec tout le monde, y compris le chef, il a convaincu Giulia de lui apprendre l'italien. Ils sont tous tombés à ses pieds, *il bel Americano*. Il a fini par passer de plus en plus de temps avec Giulia pendant qu'Antonio était à Rome. Il s'en fichait qu'elle ait deux fois son âge. Et quand sa fille à elle est arrivée pour l'été, il a commencé à traîner avec, ce qui a rendu Giulia folle de rage. Elle a rappelé Antonio de Rome et il y a eu une scène pas possible. Florence a déclaré que c'était juste un énorme malentendu, mais personne ne l'a crue. On s'est fait jeter cette nuit-là, pas une seule personne n'a suggéré qu'on attende même le matin suivant.

– Il « traînait » avec la fille ?

– Oui.

J'ai réfléchi.

– Eh bien, pourquoi pas. Un bel Américain, une belle Italienne, c'est assez évident comme intrigue de roman.

Hugo a levé les yeux.

– Elle avait douze ans. Ce que j'essaie de te dire, c'est que c'est un destructeur.

Il a rivé ses yeux dans les miens.

– Il adore voir jusqu'où il peut aller. C'est un jeu pour lui.

J'ai eu un frisson glacial.

– À t'entendre, c'est un psychopathe.

Hugo a haussé les épaules.

– C'est un trou noir émotionnel. Il aspire la lumière des gens.

Un instant, j'ai ressenti une sorte de vertige. J'ai eu envie de dire : *D'accord, l'été dernier c'était atroce apparemment, mais cette fois-ci c'est différent, non ?* Tout semblait si réel pour moi, le monde entier que Kit Godden avait créé. Mais quand je me l'articulais comme ça, même à moi-même, je m'apercevais à quel point le fantasme avait grandi. Des miroirs et de la fumée. Un marionnettiste qui tirait les ficelles. Et nous, là-dedans, à danser.

Sans savoir pourquoi exactement, j'ai penché la tête vers Hugo et je l'ai embrassé et il m'a rendu mon baiser, et on était tous les deux assommés de choc, de tristesse et de désir. Je tremblais si fort que je tenais à peine debout.

J'ai reculé.

– Hugo ?

C'était pas vraiment une question et il a pas répondu. Alors je lui ai dit ce que j'avais vu. Non, pas exactement vu. Entendu. Ce que j'ai imaginé voir se dérouler, ce qui semblait s'être déroulé.

Il m'a regardé et il a hoché la tête. Un petit hochement de tête triste.

– Je savais pas, pour Mal, il a dit.

Il avait les larmes aux yeux.

– Peut-être que j'ai tort ?

J'espérais tellement avoir tort qu'un moment j'ai cru qu'il dirait : *Bien sûr que t'as tort, t'es bête ou quoi*, et que tout serait terminé.

Tout ce qu'il a dit, c'est :

– Oh mon Dieu.

Il avait l'air malade, ailleurs. On est restés parfaitement immobiles un long moment.

– Pardon, j'ai dit, je dois y aller.

J'ai traîné mon corps jusqu'à la maison. *Se donner un air normal*, j'ai pensé. *Se donner un air normal.*

Il restait des actes à jouer. Malgré un désir puissant que le rideau tombe sur l'été, il n'en finissait pas. Encore une semaine. Encore un mariage et du tennis en perspective.

Samedi est arrivé, et avec lui les demi-finales. L'atmosphère de la plage était insoutenable. Et pourtant la vie a continué, alors que tout le monde faisait semblant de bien aller.

Hope a joué contre Mattie et gagné. Elles se sont enlacées après et ont juré que leurs filles joueraient l'une contre l'autre dans le tournoi un jour.

Ça laissait Kit contre Hugo. Hope jouerait contre le gagnant.

Je savais que Hugo ne se serait jamais, au grand jamais, mis délibérément dans une telle situation. C'était pratiquement sa mission numéro un dans la vie d'éviter Kit. J'ai sursauté en m'apercevant que je ne les avais jamais vus échanger un seul mot. Je me suis creusé la tête. Pas une seule fois. Comment c'était possible ? Comment j'avais pu ne pas le remarquer ?

Ma famille, ma pauvre famille bercée d'illusions, s'est amassée autour des garçons, scindée en deux groupes : Hope, Alex, Maman et moi autour d'Hugo ;

Mattie, Tamsin, Mal et Papa soutenant Kit. Et c'est là que je me suis rappelé le cormoran, l'oiseau à qui on avait probablement filé une crise cardiaque, et l'avertissement de Mal, au début de l'été, de ne pas l'étouffer. J'ai regardé Kit, la peau dorée et les cheveux brûlés, et tout ce que je voyais de sa belle bouche c'était un bec. Les yeux saupoudrés d'or semblaient petits, vitreux et rouges. À la place des muscles bien définis et des longues jambes, j'ai vu les ailes noires et cabossées du cormoran, l'âme sombre qui s'effondrait. J'ai cligné des yeux, et l'oiseau a disparu.

Kit a envoyé des baisers à la foule pendant qu'Hugo observait sa raquette, tripotant les cordes. C'était la tradition de faire deux équipes de supporters, mais cette année on s'est répartis de part et d'autre du court, l'équipe de Kit se lançant dans des chants passionnés, le gang d'Hugo silencieux. Alex avait l'air anxieux. Peut-être que traîner avec des chauves-souris, ça l'avait rendu capable de percevoir les ultrasons. Je lui ai posé une main sur d'épaule.

– Tout va bien, je lui ai dit. On va gagner.

– Y a intérêt, putain, a dit Hope, et je l'ai regardée, mais elle avait les yeux rivés droit devant, la bouche tendue.

Les joueurs ont marché jusqu'au filet et ont entrechoqué leurs raquettes, brièvement. Kit a lancé une pièce et Hugo a dit face. C'est tombé sur pile. Service à Kit.

J'étais trop sous tension pour respirer.

Kit avait un beau jeu et Hugo n'a même pas essayé de renvoyer le premier service. Il est juste resté là à le regarder filer, et j'ai paniqué. Je m'inquiétais qu'il abandonne le match, qu'il refuse de jouer. Ou pire, qu'il soit intimidé par son frère, qu'il se referme sur lui-même.

Il a retourné le service suivant, mais sans smash, juste une volée, un retour doux et tranquille vers le centre du court, droit et facile pour la main de Kit. Il a joué le reste du jeu de main morte, retournant les balles de manière aussi inoffensive que s'il jouait contre Alex, laissant Kit les positionner pour faire des smashs. Il les a regardées passer près de lui en fusant, n'a pas couru quand elles étaient larges, n'a pas plongé quand elles étaient basses. Trente-zéro. Quarante-zéro. Jeu, Kit.

L'équipe de cheerleaders de Kit s'est déchaînée, et il a jeté les bras en l'air pour faire une petite danse de la victoire. Hugo était planté, impassible, au centre du court. J'ai pensé tout à coup qu'ils n'avaient jamais dû jouer l'un contre l'autre auparavant. Des lycées différents et le désir mutuel de s'éviter – Kit avait pu s'inquiéter au début, mais j'en doutais. Hugo ne figurait pas dans son paysage. Ce qui était sûr, c'est qu'il ne s'inquiétait plus à présent.

Le service est allé à Hugo qui, presque paresseusement, a lancé la balle en l'air, a contracté et déroulé son long squelette dessous, ce mouvement que j'avais tant admiré, étendant le bras pour lâcher un service rapide comme un éclair. L'air stupéfait, Kit a interposé sa raquette, juste à temps, et en retour Hugo a coupé une balle fatale à travers le court. Kit a sprinté ; un coup maladroit qui a à peine passé le filet, et Hugo a renvoyé la balle, en une déflagration, dans le coin opposé. On voyait à peine Hugo bouger ; sa volée était propre et aiguisée comme une lame, son expression impénétrable. Il semblait flotter sur l'avant de ses pieds. La course a continué, Kit en sueur, s'éreintant pour attraper toutes les balles, tandis qu'Hugo se fatiguait à peine. Je n'avais jamais rien vu de pareil. Hugo était plus malin, plus rapide, plus précis. Pas un mouvement de gâché, pas un pas de travers. Il jouait comme un grand maître zen.

Le reste du set a été une débâcle. Comme Hope dans son rôle d'*Une maison de poupée*, Hugo avait l'air d'en faire de moins en moins. Il n'était pas hors d'haleine, il ne grognait pas, il ne sprintait pas. Il décochait juste son service mortel, sans pitié, sans émotion, et gagnait chaque point.

Jeu, Hugo.

Jeu, Hugo.

Jeu, Hugo.

Kit faisait semblant d'en rire, mais plus le set avançait, plus il se fatiguait et s'énervait, balançait des balles par-dessus le filet sans aucune puissance, semblait s'effriter de plus en plus. Pour le jeu final, Hugo a servi, et s'est ensuivi un échange qui n'en finissait pas. Il retournait chaque balle d'une simple volée que même un joueur épuisé, surclassé, pouvait taper. Alors Kit a continué à couvrir le court, haletant, transpirant, poussant des jurons, à force d'essayer de caser smash après smash contre son frère, et il les voyait tous revenir, avec une précision mécanique, comme les balles envoyées par les robots d'entraînement, l'une après l'autre et placées précisément là où il pouvait tout juste les atteindre, jamais si loin qu'il ne puisse arrêter de courir.

C'était de la pure haine, maquillée en sport.

À la fin du set, Hugo est resté posté silencieusement au milieu du court pendant que Kit reprenait sa respiration, les mains sur les genoux, furieux. On a poussé des cris d'encouragement.

Le second set a été encore pire – ou meilleur encore. Hugo a humilié Kit, l'a enfoncé, a détruit son équilibre, a ruiné sa confiance. Kit a commencé à rater des tirs faciles, à trébucher tout seul. À un moment, il a jeté sa raquette par terre, en furie. Hugo l'a ignoré, a continué à jouer comme un automate. Il n'a jamais rencontré le regard de son frère, pas une seule fois, jusqu'à la balle de match, où il a fait une pause juste un instant de plus, a scruté directement de l'autre côté du court, vers Kit, et puis, précautionneusement, avec une lenteur exaspérante, il a lancé la balle en l'air et c'était comme un baiser d'adieu. Aucune chance dans tout l'univers que son frère ne réussisse à la rattraper. Kit l'a regardée passer près de lui dans un sifflement, avec une expression étrange sur le visage.

Hope, Alex et moi on a sauté de joie et on s'est embrassés et on s'est précipités sur le court et on a fait des bonds et pris Hugo dans nos bras, et il nous a octroyé un petit sourire. Il était en sueur. Et puis derrière son dos, on a regardé Kit faire son choix, décider que la seule manière de reprendre le contrôle de la situation était de se la jouer cool. Il s'est approché du filet et a tendu la main.

Hugo a regardé la main, a regardé Kit un long moment, ses pupilles noires, dilatées. Puis il s'est retourné et il est sorti du court.

C'était l'un des meilleurs moments de ma vie. Dans cinquante ans, ça sera toujours l'un des meilleurs moments de ma vie.

26

Maman et Hope étaient dans notre cuisine et, bizarrement, Maman pleurait dans les bras de Hope.

– Ça va aller, ça va aller, disait Hope.

C'était pas censé être l'inverse ? J'allais sortir de la cuisine sur la pointe des pieds avant que l'une ou l'autre ne me remarque, mais Alex a intercepté ma fuite près de la porte. Il avait le teint cireux.

– Le mariage est annulé, il m'a dit, s'attendant vraisemblablement à ce que je m'exclame *Oh mon Dieu ! mais pourquoi ?*

Ce que je n'ai pas fait. J'ai juste répondu :

– Je sais.

Et Alex m'a jeté un regard furieux.

– Non, tu sais pas, il m'a dit. Personne n'était au courant jusqu'à maintenant.

J'ai hoché la tête, et en repartant je l'ai entendu au téléphone, j'ai compris que c'était Papa, rattrapé au vol alors qu'il était en route pour la poste. J'ai émergé à nouveau dans la cuisine et cette fois Hope a vu que j'étais là, et avec une expression fatiguée elle m'a dit :

– Tu ferais mieux de t'asseoir.

C'est ce que j'ai fait, et elle m'a appris que Mal était venu la voir pour lui annoncer qu'il ne pouvait pas l'épouser, bon, ça, encore, pourquoi pas, mais il y avait autre chose. Il était amoureux de quelqu'un d'autre.

Hope a dégagé ses cheveux de son visage. Elle m'a jeté un long regard et a froncé les sourcils.

– Tu savais ? elle m'a dit.

Je n'ai pas répondu.

– Et Mattie, elle est au courant ?

Je pensais à Mattie, j'avais déjà raisonné qu'elle s'en sortait à bon compte, mais de toute évidence elle n'aurait pas du tout l'impression de s'en sortir à bon compte. Mattie et la plupart du reste de l'humanité considéreraient ce genre d'événements comme une pure et simple trahison. Je doutais même qu'elle réussirait à avoir la moindre pensée pour Hope. Mais en cela, j'avais tort.

Mattie est entrée dans la cuisine à ce moment précis et s'est dirigée tout droit vers Hope, qu'elle a prise dans ses bras, et elle a dit :

– C'est une merde, Hope. Et Mal est en plein délire. Comme je l'étais.

Puis elle a reculé, a regardé Hope gravement et a dit :

– Je suis plutôt triste pour lui, en vérité.

Et là, vous savez quoi, c'est le moment où j'ai commencé à pleurer, parce que c'était littéralement la première fois que je voyais à quel point j'avais sous-estimé ma sœur. Cet échange-là, au milieu de tous ces événements minables, c'était un moment de grâce, et il aurait fallu être bouché pour ne pas percevoir l'émotion de Hope. Maman n'a pas pris Mattie dans ses bras. Mais elle la contemplait avec une sorte de fierté féroce.

Hope nous a dit que Mal était parti à Londres pour loger chez un ami. Il lui avait laissé Gomez, pour l'instant.

– C'est moi qui lui ai demandé de partir, elle nous a dit.

Je me demandais comment elle arrivait à supporter ça, de garder Gomez, comme l'enfant non désiré de Mal.

Un coup de téléphone a été passé à Florence ce soir-là, et elle a envoyé quelqu'un récupérer les garçons. La voiture est arrivée si rapidement que je me demande si elle en avait gardé une en stand-by en cas d'urgence de ce type. Plus tard, j'ai entendu dire qu'elle avait écrit un bref message à Hope pour annoncer qu'elle était terriblement désolée, mais ne pouvait pas venir au mariage. J'imagine que personne n'a pris la peine de lui demander : « Mais quel mariage ? »

Autre chose encore. Les larmes, le malheur des gens que j'aimais, n'étaient pas aussi importants pour moi qu'on aurait pu le penser, parce que malgré tout, je n'arrêtais pas de penser à Hugo, ce mince rai de lumière dans le noir.

27

De retour dans ma tour, j'ai vu Hope marcher jusqu'à l'eau. Je n'avais pas trop de remords à espionner, mais je me sentais mal de la regarder pleurer, alors j'ai détourné le regard.

J'adorais Hope, et j'adorais Mal, et j'espérais que Mal savait ce qu'il faisait, même si c'était très clair que non.

Quand la voiture est arrivée, Hugo ne s'est pas montré, et Maman a eu un éclair d'héroïsme ; elle a dit qu'il n'avait pas besoin de partir tout de suite, qu'il pouvait rester, lui, jusqu'à ce que la poussière retombe. On n'a pas vu Kit partir.

Tamsin était à l'écurie, alors c'était déjà l'heure du dîner quand elle a appris la nouvelle. Tout d'abord on aurait dit qu'elle avait à peine enregistré l'info, preuve de plus que le monde réel – le monde sans les chevaux – était juste un spectacle d'illusionniste pour elle.

– Pourquoi il ferait ça ? elle a fini par demander, et personne n'a vraiment su duquel des deux « il » elle parlait, même si ça avait peu d'importance.

Quoi qu'il en soit, il n'y a pas eu de réponse.

Les jours suivants, Hugo et moi on a passé la plupart du temps ensemble. Alex apparaissait souvent, engoncé dans un silence qui lui était inhabituel, et il agrippait le bras d'Hugo et refusait de le laisser partir. Ça n'avait pas l'air d'embêter Hugo qu'Alex l'agrippe.

Il a fallu deux jours à Hope pour contacter tous les gens sur la liste d'invités, annuler le traiteur et fermer la maison, et puis elle a pris Gomez et elle est partie, laissant à Maman et Papa le soin de nous faire savoir qu'elle était désolée de ne pas nous avoir dit au revoir individuellement mais qu'elle nous embrassait. Elle n'a pas emporté la robe de mariée. J'ai demandé à Maman ce qu'elle comptait en faire, et elle m'a jeté un regard étonné. J'imagine qu'elle n'avait pas eu le temps de se poser la question.

La maison vibrait encore du choc, et tout le monde marchait sur la pointe des pieds comme si quelqu'un était mort. Maman semblait encore plus durement affectée que Hope et fondait en larmes assez souvent, pour pas grand-chose. Mattie, quant à elle, émergeait des cendres de sa glorieuse histoire d'amour, comme un phénix.

– Il me rendait beaucoup plus malheureuse qu'heureuse, elle disait. C'était comme être possédée.

Je voyais ce qu'elle voulait dire.

On n'en a pas parlé ouvertement, à cause d'Hugo ; on ne voulait pas le faire souffrir. L'opinion de la famille avait pivoté et tout le monde se sentait très coupable de s'être aussi longtemps trompé au sujet des deux frères.

C'est Hugo qui a abordé le sujet le soir suivant, au dîner.

– Je suis désolé, il a annoncé d'une manière presque formelle. Je suis désolé du comportement de mon frère. Et je suis désolé d'être encore là pour vous le rappeler. On a tout démoli. Votre été.

Il s'est interrompu.

– Et la vie de Hope.

Maman a enlacé Hugo et l'a serré dans ses bras comme un enfant.

– C'est pas ta faute, elle a dit, et elle ajouté avec sévérité : La vie de Hope n'est pas démolie – imagine-toi un peu, épouser un acteur ! Elle l'a échappée belle.

Hugo a toléré son étreinte une minute, et puis il s'est dégagé.

– Je savais que ça allait horriblement mal se passer parce que, quand Kit est dans les parages, ça se passe toujours mal. Mais je pouvais pas l'arrêter.

Son visage s'est un peu affaissé.

– Je voulais le faire, je pensais que c'était seulement Mattie qu'il allait faire souffrir…

Il a regardé Mattie.

– Pardon, je voulais pas dire « seulement ». C'était important. J'ai essayé.

Le regard qu'il posait sur elle me touchait profondément ; il était empreint d'un grand chagrin.

– Tu as essayé, a dit Mattie en haussant les épaules. Ça va, Hugo. J'apprécie que tu aies essayé. Mais je vais bien. *Et ce qui est fait est fait.*

Et j'ai pensé : *Tiens, du* Macbeth. *Ça fait du bien de changer.*

Hugo avait l'air épuisé.

– Enfin bon, a dit Tam. Personne n'aurait pu voir ça venir.

Ça ne pouvait pas être plus faux. Hugo l'avait vu venir. Il m'avait plusieurs fois donné des avertissements. Et même sans ça, j'aurais dû savoir, et j'aurais pu savoir, moi aussi, si l'attention de Kit n'avait pas été aussi flatteuse. Si je ne l'avais pas désirée au point qu'elle m'avait semblé exister pour de vrai.

Maman a suggéré à ceux qui le voulaient de venir se promener. Mattie s'est levée et elles sont parties ensemble. Dans tout ce chaos, on n'avait pas été aussi prévenants avec Mattie qu'elle le méritait ; le cœur de Hope n'avait pas été le seul à être traîné dans la boue. Mais Mattie avait encaissé l'événement avec dignité et on a tous pensé la même chose à ce moment-là : qu'il était temps d'arrêter de la traiter comme une enfant.

Personne ne me consolait, moi, évidemment. Personne ne savait. Sauf Hugo, dont l'amitié était une forme de consolation. Et contre toute attente, ça me consolait, en effet.

Malcolm était parti. C'était la dernière fois qu'on le voyait avant longtemps. Il a joué Hamlet, mais les critiques n'ont pas été clémentes.

On n'y est pas allés.

28

Hugo a refusé de rentrer à L.A. Sa mère ne voulait pas de lui, même si on n'aurait jamais pu le deviner, à entendre les sanglots de protestation.

– Ça ne pose pas de problème que tu restes ici, a dit Maman.

Ce qu'elle voulait dire c'était : *Viens faire partie de la famille.*

Alors il nous a rejoints, plus ou moins. On ne pouvait pas le taquiner ou lui demander comment il se sentait, et au lieu d'asticoter et de prendre parti lors de chaque dispute, comme tout le monde, il se retirait juste de la conversation. Mais c'était la personne la plus sincère que j'aie jamais connue, et chaque moment où je me félicitais d'avoir identifié la duplicité de Kit était éclipsé par le regret d'avoir raté les qualités d'Hugo dès le début.

La liaison de Mal avec Kit n'a pas duré. Il a repris la garde de Gomez mais n'a contacté aucun d'entre nous. Il avait probablement honte.

L'été suivant, Hope est revenue seule à la maison au bord de la mer. Elle avait un nouvel ami, un certain Tomas, qui lui a rendu visite en août. Il n'était pas acteur, et on a décidé de bien l'aimer, au moins aussi longtemps que Hope le jugerait nécessaire. Hugo est venu chez nous. Mattie a passé le plus clair de son temps à réviser. Tamsin a monté Duke à nouveau. Alex et Papa ont repéré trois espèces de chauves-souris qu'ils n'avaient jamais vues avant sur la plage.

Maman a teint la robe de mariée de Hope en indigo, l'a reprise aux épaules, et l'a portée elle-même à l'opéra.

Et moi j'ai dessiné, j'ai pris des bains de mer, j'ai traîné avec Hugo. On parlait d'école d'art, de ce qu'on ferait plus tard.

Quand il m'en prenait l'envie, je regardais la plage par le télescope et parfois je faisais des esquisses de ce que je voyais. Si le temps était clair, je voyais des phoques et des bateaux de plaisance, des cargos et des orages avec des fourches d'éclairs et une pluie sombre, verticale, au loin. Je repérais un cormoran noir, ébouriffé, contre le ciel. Et occasionnellement, quand je fermais les yeux, je devinais des fragments de mon propre avenir. Parfois argentés, parfois sombres.

Seul le temps nous le dirait.

29

Deux ans plus tard, je vivais dans un squat au sud de Londres, sans chauffage, quasiment pas de toit, un casting éphémère d'amis et d'amis d'amis, dont certains étaient plus ou moins sains d'esprit. On était experts en récup et on savait tout obtenir gratuitement – transport, meubles, équipement, peinture. On écrémait les précieux restes des meilleurs marchés de Londres et on mangeait comme des rois.

J'ai appris à conduire, à installer de la tuyauterie et à dénicher des bouts d'atelier disponibles, et puis j'ai gelé tout l'hiver quand le bâtiment a été condamné. On portait des fringues chinées dans des friperies et dans des magasins de surplus de l'armée – pantalons matelassés de milice autrichienne, manteau de la marine roumaine, chapkas soviétiques en fausse fourrure – parce que c'était pas cher et que ça tenait chaud, et on manifestait contre le gouvernement pendant notre temps libre.

Mon coloc d'atelier et moi on allait souvent au café du coin quand on sentait plus nos doigts ; on s'asseyait, on buvait du thé et on parlait de réparer son van et de partir pour l'Espagne cet hiver, histoire de ne pas mourir de froid. Mais rien de tout cela n'avait vraiment d'importance quand pour nous le monde était un endroit où tout pouvait arriver.

Un après-midi de janvier, j'étais au café à regarder les gens du quartier se dépêcher de traverser les rues en frissonnant pour rentrer chez eux, quand un grand basset morose est passé d'un pas de crapaud, et voilà qu'à l'autre bout de la laisse il y avait Mal. J'ai bondi et tabassé la vitre et, quand il a vu qui c'était, son visage s'est éclairé comme un phare.

Il est rentré en trombe, a tapé des pieds par terre et s'est frotté les mains, et la propriétaire a montré du doigt un panneau qui disait *Interdit aux chiens*, mais qui pouvait résister à la puissance de reproche de ces yeux marrons chassieux ?

– Gomez !

C'était un bonheur de voir Mal, mais Gomez était moins sujet à controverse, alors c'est à lui que j'ai dit bonjour en premier. Ce n'était pas le genre de chien à s'enthousiasmer, mais il a toléré mon enthousiasme à moi.

Quand Mal et moi on s'est retrouvés à la même hauteur, on s'est juste fixés avec un sourire. Trois ans, c'est long pour continuer à s'en vouloir. Par respect pour Hope, personne ne disait jamais à quel point il nous manquait, mais il nous manquait. Peut-être qu'il lui manquait à elle aussi.

J'ai commandé un autre thé et on s'est assis.

– T'as l'air en forme, a dit Mal, et je lui ai dit que j'étais en forme, même si j'avais froid, que mon avenir était toujours incertain, mais quel avenir n'est pas incertain ?

Je lui ai raconté ce que je faisais, où je vivais, que Mattie faisait des études de médecine et qu'Alex poursuivait toujours ses chauves-souris. Je lui ai parlé du dernier opéra de Maman et je lui ai appris que la Grande Virée en Voile n'avait plus lieu maintenant.

Après un silence maladroit, il a demandé :

– Et comment va Hope ?

Pas Mal.

– Bien, j'ai dit.

Toujours avec Tomas.

Il n'a rien dit.

– Elle te manque ?

Son regard s'est braqué sur moi.

– Chaque heure du jour. Encore aujourd'hui, je ne suis pas sûr de savoir ce qui m'est arrivé. C'était comme être ensorcelé. Quand je me suis réveillé, le pays imaginaire avait disparu.

Mal a secoué la tête.

– Ce qui t'est arrivé, c'est Kit Godden. Il doit être en train de détruire d'autres vies à l'heure qu'il est.

Mal a haussé un sourcil.

– Je réussis quand même à fonctionner plus ou moins, Dieu sait comment. *Sanglant mais droit encore.*

J'ai deviné :

– Shakespeare ?

– Pop-pop-pop ! il a dit. William Ernest Henley. 1890, par-là, alors t'y étais presque, à quelques centaines d'années près.

Il s'est éclairci la voix :

– *Par-delà la nuit qui me couvre, Noir tel le puits de pôle à pôle, Merci aux dieux, quels qu'ils puissent être, Pour mon âme encore inconquise.* Bla-bla-bla etc. etc., *Sous les assauts de ces hasards, Mon cœur sanglant mais droit encore.* Émouvant, comme truc.

– *Les assauts du hasard.* Pas mal.

– Pas *pas mal*, sérieux !

Un froncement de sourcils méprisant. L'ancien Mal.

– Alors donc… tu referais pas la même chose aujourd'hui, j'imagine.

Il a cillé.

– À ton avis ?

Son regard était acéré.

– Et toi ?

Aussi malin que l'ancien Mal.

– Si, probablement. Je suis naze pour dire non.

Il s'est marré.

– T'es honnête, au moins.

On a siroté notre thé, en pensant à comment on avait tous les deux été des somnambules dans le même mirage. Un lien honteux.

– Ce petit con, a fini par dire Mal en remuant la tête.

– Tu reviendras à la mer un jour ?

– Clair, il a dit, et ça sonnait plus ou moins comme un non.

– Promis ?

– Comment va Hugo ? il a demandé pour changer de sujet.

– Super bien.

Il allait super bien, vraiment, et c'était toujours mon meilleur ami.

– Il vit à Londres maintenant.

– C'est cool.

On a parlé encore un peu, de trucs et de machins – de Mattie, de Tam, des pièces, des auditions, de l'école d'art, de politique – jusqu'à ce que Mal regarde sa montre et dise qu'il fallait qu'il y aille. On s'est levés tous les deux et puis il m'a donné une étreinte, ne me lâchant que quand ça menaçait de devenir vraiment sirupeux. Gomez s'est levé péniblement, avec le tremblement de peau habituel, et s'est ébroué bruyamment.

– On se retrouvera bientôt, a dit Mal.

– Pour de vrai ?

– Bien sûr.

Il a souri et puis ils ont disparu, lui et le basset.

J'ai scruté l'obscurité un bout de temps au cas où il changerait d'avis et reviendrait, mais il ne l'a pas fait, alors j'ai appelé Maman et puis Hugo, et à coup sûr Maman l'a dit à Hope. Peut-être qu'Hugo l'a fait aussi. Tomber sur Mal, c'était une vraie info.

On n'a plus entendu parler de lui ensuite.

Quelques mois plus tard, Hope a reçu une carte postale de Florence Godden. Elle vivait toujours à L.A., « beaucoup trop occupée » et « *tellement* fière de ce cher Kit », mais on n'a même pas pris la peine de le googler.

30

Quand je repense à cet été-là, c'est toujours avec l'impression d'avoir perdu quelque chose de frêle et d'éphémère, quelque chose que je n'arrive pas tout à fait à nommer. On continue à aller à la mer, on s'amuse toujours bien, mais ce n'est plus pareil.

Hugo affirme qu'il ne veut plus jamais revoir son frère. Il dit :

– Qu'est-ce qu'on en a à faire de ce qui lui arrive, à ce salaud ?

C'est sûr que moi j'en ai rien à faire.

Rien du tout.

Évidemment.

Mais je pense encore quand même à ce visage et à ces mains et à cette voix qui me murmure qu'avec moi c'est différent.

Et, de plus en plus, je me dis qu'il avait peut-être raison.

De la même autrice
aux éditions Rageot :

L'autrice

Meg Rosoff est américaine. Installée à Londres depuis plus de trente ans, elle est une des autrices les plus connues outre-Manche. Lauréate du Prix Astrid Lindgren, considéré comme le prix Nobel de littérature jeunesse, elle a publié à la fois des romans pour les adolescents, dont *Maintenant c'est ma vie* (Albin Michel Jeunesse), *Si jamais* et *Ce que j'étais* (Hachette), et des histoires pour les plus jeunes, comme la série des *MacGrégor* (Rageot). Parmi ses écrits, souvent inclassables, on trouve aussi *Caribou Baby* (Rageot), un récit à la fois drôle, absurde et d'une immense tendresse.

PAPIER À BASE DE FIBRES CERTIFIÉES

RAGEOT s'engage pour l'environnement en réduisant l'empreinte carbone de ses livres. Celle de cet exemplaire est de :
400 g éq. CO_2
Rendez-vous sur www.rageot-durable.fr

Cet ouvrage a été composé par IGS-CP
à L'Isle-d'Espagnac (16)

Achevé d'imprimer en France en décembre 2020
sur les presses de Normandie Roto Impression s.a.s., Lonrai
Couverture imprimée en France par Boutaux, Le-Theil-sur-Huisne

Dépôt légal : avril 2021
N° d'édition : 7646-01
N° d'impression : 2004591